Die drei
???®

Die drei ???®

Geister-Canyon

erzählt von Ben Nevis

Kosmos

Umschlagillustration von Silvia Christoph, Berlin
Umschlaggestaltung von eStudio Calamar, Girona, auf der Grundlage der Gestaltung von Aiga Rasch, Leinfelden-Echterdingen

Based on characters by Robert Arthur.

ISBN 978-3-440-11690-6
Redaktion: Martina Zierold / Julia Röhlig
Produktion: DOPPELPUNKT Auch & Grätzbach GbR, Stuttgart
Printed in the Czech Republic / Imprimé en République tchèque

Die drei ???®
Geister-Canyon

Entführt!

Justus Jonas hatte soeben die Landkarte von Kalifornien vor sich aufgeklappt, als seine Tante Mathilda den auf dem Schrottplatz abgestellten Campingwagen betrat, der den drei Detektiven als Einsatzzentrale diente.

»Besuch für dich, Justus«, verkündete sie. »Im Hof steht ein Mann, der dich sprechen möchte.«

»In welcher Angelegenheit?«, fragte Justus knapp zurück. Eigentlich konnte er jetzt keine Störung brauchen. Kurzfristig hatte Dennis, ein Bekannter, den lang ersehnten Wochenendtrip abgesagt, und nun suchte Justus leicht verschnupft nach einem neuen Ausflugsziel für die drei ???.

»Er wollte mir nicht sagen, worum es geht«, entgegnete Tante Mathilda genervt. »Außerdem bin ich nicht deine Sekretärin, Justus! Da kommt ein merkwürdiger Kerl mit einem teuren Towncar angefahren, das so protzig ist, dass es noch nicht einmal auf unserem Schrottplatz wenden kann, und tut ganz geheimnisvoll. Er möchte dich sprechen und niemand anderen, sagt er. In was für einer Sache steckst du da bloß wieder drin?«

»In gar keiner, Tante Mathilda! Wirklich, ich habe nicht die geringste Ahnung!« Aber Justus' Neugierde war plötzlich geweckt. Im Lauf der Jahre hatte er ein feines Gespür dafür entwickelt, wenn sich ein neuer Fall für die drei Detektive anbahnte. Und sie brauchten dringend einen neuen Fall. Schließlich lag das lange Memorial-Day-Wochenende vor ihnen, bei dem halb Amerika auf den Beinen war, und Justus hatte einfach keine zündende Idee, was sie mit den drei freien Tagen anfangen sollten. »Tante Mathilda, kannst du bitte Bob und Peter holen? Ich sage dem ominösen Besucher inzwischen guten Tag!«

»Aber Peter und Bob räumen gerade die Lagerhalle auf!« Tante Mathilda wich keinen Zentimeter von der Stelle. »Das war seit langem so abgemacht! Ich weiß doch, wie das wieder ausgeht: Am Ende seid ihr wie jedes Mal verschwunden, und das Durcheinander ist noch da!«
»Tante! Bitte! Vielleicht wartet draußen die Chance meines Lebens!«
»Da bin ich skeptisch, mein Junge. Je teurer das Auto, desto gefährlicher die Angelegenheit!« Aber sie trat zur Seite, um Justus vorbeizulassen. Wenn Justus sich etwas in den Kopf gesetzt hatte, das wusste sie, war er nicht zu bremsen, zumindest nicht, ohne später tagelang mit seiner schlechten Laune konfrontiert zu werden.
Neugierig trat Justus auf den Schrottplatz. Tante Mathilda hatte nicht übertrieben. Das weiße Towncar reichte von den Türflügeln des Eingangstors bis in die Mitte des Vorplatzes. In solchen Wagen ließen sich die Hollywoodstars durch die Gegend kutschieren, oder solche, die sich dafür hielten. Schräg vor dem Auto wartete ein Mann. Trotz der Hitze trug er einen schwarzen Anzug mit Krawatte. Der Schweiß glänzte auf seiner hohen Stirn. Als er Justus bemerkte, trat er ein paar Schritte auf ihn zu.
»Paul Hendry«, sagte er und streckte die Hand aus. Seine Augen blickten kühl und der Sitz seines Kinns verlieh seinem Gesicht etwas Schiefes. »Du bist also …«
»… Justus Jonas, ja.« Justus wischte sich die feuchten Hände am T-Shirt ab und erwiderte den Gruß. »Und da hinten kommen noch Peter Shaw und Bob Andrews, meine Freunde.«
»Ah. Die zwei anderen Detektive«, sagte Mr Hendry, ohne eine Miene zu verziehen.
»Es geht also um eine kriminologische Frage.« Justus lächelte. »Habe ich es mir doch gedacht.«

»Ich kann dir dazu leider nichts sagen!« Der Mann machte eine abwehrende Bewegung, als dauere ihm das alles zu lange. »Ich bin der Butler von Mr O'Sullivan. Er hat mir aufgetragen, dich zu ihm zu bringen. Alles Weitere möchte er mit dir persönlich besprechen.«

Inzwischen waren Bob und Peter herangeeilt und zwei fragende Blicke trafen Justus.

»Ein Mr O'Sullivan wünscht uns zu sehen«, erklärte Justus seinen Freunden die Situation.

»Wünscht *dich* zu sehen«, korrigierte Mr Hendry knapp. »Von den beiden anderen war zwar die Rede, ich soll aber ausdrücklich allein dich zu ihm bringen.«

»Nur mich?« Justus zog die Stirn in Falten und wandte sich ab. »Dann wird aus dem Treffen wohl leider nichts werden. Man bekommt uns zu dritt oder gar nicht, nicht wahr, Kollegen?«

»Genauso ist es!«, bestätigte Bob. »Nicht umsonst nennen wir uns Die drei ???!«

Und Peter setzte hinzu: »Richten Sie Mr O'Sullivan freundliche Grüße aus. Es war uns eine Ehre, von ihm zu hören.«

»Gut. Dann wäre ja alles besprochen!« Justus machte Anstalten, zum Wohnwagen zurückzugehen. »Meine Tante wünscht, dass wir mit dem Aufräumen fortfahren!«

»Na dann: auf Wiedersehen, Mister!« Peter und Bob nickten Mr Hendry zum Abschied zu und folgten ihrem Freund.

»Wartet … – einen Moment, bitte!«

Die drei ??? blieben stehen. Weit waren sie noch nicht gekommen.

»Ihr … ihr könnt mich doch nicht …«, stotterte der Mann, während er ihnen langsam folgte. »Mr O'Sullivan hat nur … ich habe ihm ja gleich abraten wollen … es soll möglichst geheim bleiben! Er … er braucht Hilfe! Steigt doch ein, bitte! Alle drei! Es ist schon in Ordnung!«

Justus lächelte in sich hinein. Natürlich hatte er gehofft, dass Mr Hendry nachgeben würde. »Also gut, Mister! Zu dritt sind wir dabei! Doch nun teilen Sie uns freundlicherweise noch mit, wer dieser O'Sullivan ist, der uns so dringend zu sprechen wünscht.«

Der Mann war sichtlich überrascht. »Du hast noch nicht von ihm gehört? Ich arbeite für Frank O'Sullivan. Den bekannten Filmproduzenten!«

»Ach *der* O'Sullivan!« Justus nickte. Das hatte er vermutet, doch er fragte gerne genau nach. »Dann geht die Fahrt nach Beverly Hills?«

»Du sagst es«, bestätigte Hendry. Er trat auf die Limousine zu, öffnete eine Seitentür und wies ins Innere des luxuriös ausgestatteten Wagens, ohne verbergen zu können, dass ihm die drei ??? nicht recht sympathisch waren. Mit einem besorgten Blick auf die schmutzigen Jeans von Bob und Peter fügte er hinzu: »Achtet bitte auf das helle Leder der Autositze. Vielleicht sollte ich euch zum Unterlegen besser eine Decke geben?«

Die beiden Detektive klopften ein wenig auf ihren Hosen herum. Es staubte sichtbar. »Die drei ??? haben ihren Preis«, sagte Peter lässig. »Aber vielleicht sollte ich Sie erst einmal aus dem Hof hinauswinken? Ihr Wagen ist ziemlich lang und der Verkehr …«

Hendry schüttelte den Kopf. »Für solche Situationen sind im Heck Kameras angebracht.«

Die drei ??? warfen sich einen vielsagenden Blick zu und setzten sich in den Wagen. Der geräumige Luxus, in den sie plötzlich eintauchten, überraschte sogar die Detektive, die immerhin Mortons Rolls Royce gewohnt waren. Alles war vom Feinsten; die Blicke der Jungen schweiften über den neusten technischen Schnickschnack, der keinen Wunsch offen ließ. Am meisten beeindruckte Justus ein ausfahrbarer Bordcomputer.

»Ihr könnt euch in der Bar bedienen«, ertönte Hendrys Stimme über Lautsprecher, »aber lasst den Alkohol bitte unberührt!«
»Als ob wir …«, murmelte Justus kopfschüttelnd und ließ per Knopfdruck die Getränke ausfahren. Sie wählten jeder ein Tonic. Als es der Straßenverkehr zuließ, setzte Hendry den Wagen zurück und stoppte kurz. Justus nahm noch den empörten Blick von Tante Mathilda wahr, die im Hauseingang stand und fassungslos ihre Putzhilfen davonfahren sah – ganz wie sie es vorausgesehen hatte. Dann gab Hendry Gas.

Die Fahrt ging ein paar Meilen auf dem Highway 1 an der Küste entlang. In Pacific Palisades wechselte der Fahrer auf den Sunset Boulevard, der direkt nach Beverly Hills führte. Nach einiger Zeit und unzähligen Kurven bog Hendry links in eine schmucke Seitenstraße ein, die beiderseits von hohen Palmen gesäumt war. Hier wohnten, zurückgezogen in parkähnlichen Grundstücken, die Reichen der Gegend: Regisseure, Filmschauspieler, Anwälte. Und unter ihnen auch Frank O'Sullivan, einer der großen Filmproduzenten Hollywoods.
Vor einem breiten, mit Schmiedearbeiten verzierten Gittertor stoppte Hendry. Die ganze Fahrt über hatte er sich mit keinem Wort bei den drei ??? gemeldet. »Wir sind da«, verkündete er nun. Das Tor glitt auf und der Wagen rollte bedächtig einen von grünen Büschen begrenzten Weg entlang, der zu einem großen Wendekreis führte, an dessen Seite sich eine stattliche Villa erhob. Auf den Eingangsstufen wartete ein Mann. Sein kurzes, buntes Hemd hing lässig über der locker sitzenden weißen Jeans. Die drei ??? kannten sein Gesicht aus den Zeitungen.
»Da bist du ja endlich, Paul«, sagte der Mann, als der Fahrer ausstieg und die Tür zum Fond des Wagens öffnete. »Oh, ihr seid zu dritt …«

»Anders wollten es die Herrschaften leider nicht, Mr O'Sullivan«, antwortete Hendry. »Ich dachte mir, ich bringe besser alle drei als gar keinen.«

»Ist schon gut, Paul. Danke. – Also, ihr Detektive, ich bin Frank O'Sullivan. Am besten, ihr kommt erst einmal herein! Folgt mir einfach!« Mit eiligen Schritten durchmaß der vielleicht fünfzigjährige Mann den großzügigen Empfangsraum und steuerte auf eine dem Eingang gegenüberliegende Tür zu. »Meine Bibliothek«, sagte er und winkte die drei Detektive hinein.

Neugierig betraten Justus, Peter und Bob das Zimmer. Sie hatten immer noch nicht den geringsten Hinweis bekommen, worum es eigentlich ging. Aber es war offensichtlich, dass Mr O'Sullivan gehörig unter Druck stand. Er verlor kein weiteres Wort über die Bibliothek, in die er bestimmt lange hätte einführen können: War sie doch voll von interessant aussehenden Büchern, Filmrollen, Videos und CDs. Vor allem aber fielen den drei Detektiven die vielen Musikinstrumente auf, die zwischen den eleganten Regalen an den Wänden angebracht waren. Der Produzent wies auf ein geschmackvolles Sitzarrangement. »Bitte! Und greift zu, wenn ihr etwas trinken wollt!« Auf einem gläsernen Beistelltisch standen Wasser und Säfte. O'Sullivan wartete ab, bis seine Gäste saßen, dann rückte auch er sich einen Sessel heran.

»Schön, dass es so schnell geklappt hat!« Er holte tief Luft und lehnte sich zurück. Seine perfekt gezeichneten Gesichtszüge entspannten sich etwas, und es wirkte, als fiele eine Last von ihm ab. Justus überlegte, ob sich der Produzent wohl hatte liften lassen, so straff saß die Haut. Immerhin verlieh ihm eine kleine Narbe an seinem linken Mundwinkel eine persönliche Note.

»Ihr also seid die drei ???«, sagte O'Sullivan und blickte sie der Reihe nach an. »Hin und wieder habe ich von euren Erfolgen in der Zeitung gelesen!«

Justus nickte und zog wie aufs Stichwort eine ihrer Visitenkarten hervor.
O'Sullivan nahm sie entgegen und las:

»Gut. Ich glaube, ich muss mich bei euch entschuldigen. Dafür, dass ich nur Justus sprechen wollte, weil von meinem kleinen Geheimnis möglichst wenige Menschen wissen sollten. Aber ich sehe nun, dass ich euch nur im …« – er lächelte – »… im Dreierpack bekommen kann. Ich hoffe sehr, dass ihr auch schweigen könnt!«
»Das Schweigenkönnen gehört in unserem Geschäft zu den Grundvoraussetzungen, um Erfolg zu haben«, erklärte Justus. »Sie können uns absolut vertrauen, Mr O'Sullivan. Doch nun ist es langsam an der Zeit, dass Sie uns den Grund dieser spontanen Einladung mitteilen!«
»Natürlich.« Der Filmproduzent beugte sich vor. Einen Moment lang suchte er nach Worten. »Ich habe so auf euch gewartet«, sagte er dann. »Jetzt, wo ihr da seid, weiß ich plötzlich nicht mehr, wie ich beginnen soll … Ich brauche eure Hilfe. Denn mein wertvollstes Stück, meine geliebte Guarneri, ist entführt worden!«

Der Brief

»Ihre geliebte Guarneri – geht es um Ihre Tochter?«, fragte Peter nach, doch zu seiner Überraschung beantwortete nicht O'Sullivan, sondern Justus seine Frage.
»Es handelt sich vermutlich um eine spezielle Geige«, sagte der Erste Detektiv. »Ein äußerst seltenes Instrument, dessen Wert sich nur in einer sehr hohen Summe beziffern lässt.«
Mr O'Sullivan sah Justus beeindruckt an. »Ich wusste doch, warum ich dich hergebeten habe«, sagte er dann. »Du bist einfach …«
»Nein, nicht … genial«, wehrte Justus bescheiden ab. »Dieser Zusammenhang war nicht sonderlich schwer herzustellen. Zum einen sind mir die zahlreichen Instrumente aufgefallen, mit denen Sie Ihre Bibliothek geschmückt haben. Das gab mir den Hinweis, dass sich der Name Guarneri wirklich auf eine Geige bezieht und nicht einfach eine zufällige Namensgleichheit zu Grunde liegt. Ein Instrument von Giuseppe Guarneri hat mitunter noch mehr Wert als eine der bekannteren Stradivari-Geigen. In einem unserer früheren Fälle hatten wir einmal die große Ehre, eine Stradivari vor der Zerstörung zu retten.«
»Genauer gesagt war es Jelena, denn ohne ihren hilfreichen Einsatz wäre die Geige jetzt Kleinholz«, ergänzte Peter und spielte damit auf eine Freundin der drei ??? an, die im Rollstuhl saß und ihnen damals geholfen hatte.
Mr O'Sullivan nickte verständnisvoll, auch wenn er keine Ahnung hatte, worum es ging. »Ich freue mich, solchen Experten gegenüber zu sitzen«, sagte er. »Dann ahnt ihr ja, wie verletzlich solch eine Geige ist. Und ihr könnt nachvollziehen, wie mich der Gedanke schmerzt, sie in falschen Händen zu wissen. Aber immer der Reihe nach. Meine Guarneri stammt aus einer

Auktion in New York. Es gab viele Mitbieter. Glaubt mir: Es war nicht einfach, sie zu bekommen! Doch das ist schon viele Jahre her. Seit dieser Zeit ist sie in meinem Besitz. Sie heißt *Diener des Herrn.*«

»Diener des Herrn?«, fragte Peter.

»Ja. Sie muss dem richtigen Herrn dienen, also dem richtigen Spieler. Nur wenn er wirklich gut ist, entfaltet sie ihre ganze Schönheit. Andernfalls ist ihr Klang gewöhnlich. Ihr müsst wissen: Ich bin nicht nur Sammler, sondern selbst ein begeisterter Musiker und spiele regelmäßig auf diesem wundervollen Instrument. Was nicht ganz einfach ist, als Linkshänder. Aber glaubt mir: Es ist ein Traum … allein wenn man sie anspielt …« Versonnen lehnte er sich zurück.

»Doch nun ist Ihr Instrument verschwunden«, unterbrach Peter O'Sullivans abschweifende Erinnerung. »Entführt, wie Sie sagen. Wie kann man einen Gegenstand entführen? Normalerweise würde man doch sagen: stehlen.«

Der Filmproduzent setzte sich wieder zurecht. »Du hast vollkommen Recht, Peter. Sie wurde gestohlen. Aber was soll der Dieb mit einer Guarneri anfangen? Auf dem Sammlermarkt verkaufen kann er sie nicht. Die Geige würde sofort als Diebesware erkannt werden. Es gibt nur sehr wenige Instrumente auf der Welt von Giuseppe Guarneri. Dieser Geigenbauer hat etwa zur Zeit Stradivaris gelebt. Ein begnadeter Künstler! Seine Instrumente sind vielleicht nicht ganz so präzise, aber letztlich noch genialer gebaut als die seines berühmten Kollegen. Doch genug der Schwärmerei! Wenn so ein Diebstahl nicht gerade im Auftrag eines speziellen Liebhabers begangen wird, kann der Dieb seine Beute kaum zu Geld machen. Also hat er sich etwas ganz besonders Gemeines einfallen lassen: Er bietet sie mir einfach wieder an. Ich soll sie zurückkaufen, gegen ein hohes Lösegeld!«

»Ach!«, sagte Peter.
Bob trank sein Glas aus und stellte es zurück auf den Tisch. »Und nun sollen wir die Geige wieder auftreiben?«
»In gewisser Weise, ja«, sagte O'Sullivan.
»Wie viel Geld fordert denn der Entführer?«, fragte Peter.
O'Sullivan räusperte sich. »Nun … eine Million Dollar.«
»Uff«, entfuhr es Peter.
»Das ist gar nicht mal so viel«, sagte O'Sullivan zerknirscht. »Eigentlich ist meine Guarneri noch mehr wert. Mir jedenfalls. Sie ist unersetzlich. Aber zum Glück weiß das der Dieb nicht. Er hat seine Million im Kopf, und die will er haben.«
»Es existiert also ein Schreiben des Entführers«, schloss Justus aus dem bisher Gesagten.
O'Sullivan nickte. »Ich zeige es euch gleich. Aber auch der Diebstahl ist mir ein Rätsel.« Er unterbrach sich und schaute nervös zur Seite. Vor der Fensterfront huschte ein Schatten vorbei.
»Ach, das ist nur Paul«, sagte er. »Seit dem Ereignis bin ich furchtbar überreizt.«
Auch Justus hatte bemerkt, dass sich der Diener auf der Terrasse zu schaffen gemacht hatte. Gerade schleppte er einen Schlauch herbei, wohl um die Pflanzen zu wässern. Immer noch trug er seinen Anzug.
»Wie lange arbeitet Paul Hendry bereits bei Ihnen?«, fragte der Erste Detektiv.
»Seit vielen Jahren«, antwortete O'Sullivan unbedarft. Dann stutzte er. »Ich ahne, worauf du hinaus willst, Justus. Aber wenn du Paul verdächtigst, liegst du falsch! Ich vertraue ihm vollkommen. Sicher, Paul hätte Zugang zu allem, aber nein! Für Paul würde ich meine Hand ins Feuer legen!«
Justus nickte und beließ es erst einmal dabei. »Wo wurde die Geige denn aufbewahrt?«

Der Produzent deutete auf eine Glasvitrine, die seitlich an der Wand stand. »Sie lag dort drinnen. Die Vitrine besteht aus Spezialglas und ihr Öffnungsmechanismus wird durch einen Code gesichert. Vor drei Tagen bemerkte ich den Diebstahl. Es muss in der Nacht zuvor geschehen sein.«
Die drei Detektive standen auf und besahen sich den Tatort. Das Glas war unversehrt. Der Dieb musste den Code geknackt haben.
»Wer außer Ihnen kannte den Code?«, fragte Justus.
»Den wusste nur ich«, antwortete O'Sullivan. »Natürlich habe ich oft Besuch, und ich habe vielleicht nicht immer darauf geachtet, ob man mir über die Schulter sah, wenn ich mein Schmuckstück gezeigt habe. Was aber viel schlimmer ist ...« Er unterbrach sich und blickte aus dem Fenster, als würde er dort die Fortsetzung seines Satzes finden können. Draußen hatte der Diener die Rasensprenger angestellt. Eigentlich war es dafür noch zu früh am Tag, fand Justus.
»Ja?«, versuchte er O'Sullivan auf die Sprünge zu helfen.
»Äh, ich bin mir nicht sicher, ob ich den Code am Abend zuvor überhaupt aktiviert habe.« O'Sullivan zog scharf die Luft ein. »Wenn nie etwas passiert, wird man nachlässig ...«
»Diese Möglichkeit dürfte der Versicherung nicht gefallen«, sagte Justus nachdenklich. »Die *Diener des Herrn* ist doch versichert?«
O'Sullivan nickte.
»Darum haben Sie also uns beauftragt und nicht die Polizei verständigt.«
»Ja ... nein, eigentlich nicht. Ich schlage vor, dass wir uns erst einmal wieder setzen. Besprechen wir alles in Ruhe.«
»Ist es eigentlich leicht, auf Ihr Grundstück und in Ihr Haus zu gelangen?«, fragte Bob, nachdem sie wieder Platz genommen hatten und O'Sullivan Getränke nachgeschenkt hatte.

»Mein Sicherheitssystem ist sehr zuverlässig. Ihr könnt es euch nachher ansehen. Aber erst wollte ich euch das hier zeigen!«
O'Sullivan zog eine grüne Mappe hervor, die bisher unbeachtet auf einem Beistelltisch gelegen hatte. Sie enthielt nur ein einziges Blatt, das zum Schutz in eine Plastikfolie gelegt worden war. Vorsichtig nahm er es heraus. »Das Schreiben des Entführers«, sagte er. »Paul fand es gestern früh im Briefkasten.«
Neugierig beugten sich die drei ??? über das Papier, das O'Sullivan vor sie auf den Glastisch gelegt hatte. Der Text war mit der Hand geschrieben, aber der Täter hatte einen dicken Filzstift benutzt und Druckbuchstaben gewählt, um die Auffälligkeiten seiner Schrift zu verbergen. Der Text war knapp und unmissverständlich:

1 MIO DOLLAR
UNREGISTRIERTE, SAUBERE SCHEINE
DANN GEIGE ZURÜCK
KEINE POLIZEI
NUR EIN BOTE:
EIN KIND
SAMSTAGNACHMITTAG
ORT RÜCKSEITE
SONST DIENER DES HERRN KAPUTT!

»Darf ich?«, fragte Justus und griff nach dem Papier.
O'Sullivan nickte, und Justus las sich den Text noch einmal durch. Dann drehte er das Blatt um. Auf seiner Rückseite befand sich ein Computerausdruck von drei Fotos. Die Gesamtansicht eines Canyons. Dann ein Bild, auf dem eine Straße zu sehen war, die aus einem Tunnel kam. Im Hintergrund Felsen und Berge. Schließlich ein steiniger Hang, an dessen Oberkante sich vier unterschiedlich große Felsblöcke befanden.

»An einem der Felsen ist eine Stelle mit einem Kreuz markiert«, sagte Justus. »Hier!«
»Das ist alles, was es an Hinweisen auf den Übergabeort gibt?«, fragte Bob. »Wo soll das sein?«
»Ich habe keine Ahnung«, sagte O'Sullivan verzweifelt.
Stirnrunzelnd studierte Justus die Fotos. Peter ergriff das Wort. »Mr O'Sullivan. Ich weiß nicht, welcher Ruf uns vorauseilt. Aber zaubern, Mr O'Sullivan, zaubern können wir nicht! Heute ist Freitag. Bereits morgen Nachmittag will der Täter das Geld. Das sind noch 24 Stunden. Wie sollen wir bis dahin den Erpresser ermitteln und die Geige retten, ohne auch nur die geringste Spur zu haben? Das ist doch ein Ding der Unmöglichkeit!«
»Da gebe ich dir Recht«, sagte O'Sullivan.
Die drei ??? sahen ihn überrascht an. Was sollte wohl sonst ihr Auftrag sein?
»Der Täter ist mir egal«, begann O'Sullivan bedächtig. »Das hat noch Zeit. Ich möchte ... vor allem ... die Geige!«
»Die Geige? Aber dazu brauchen wir doch den Dieb!«, fuhr Peter auf.
»Oder eine Million Dollar«, sagte Justus leise.
Bobs Blick wechselte von Justus zu O'Sullivan. »Sie wollen doch wohl nicht ... auf den Deal eingehen?«
O'Sullivan räusperte sich umständlich. »Doch, Bob. Das Geld ist mir egal. Ich bin wohlhabend genug. Aber meine *Diener des Herrn* ist einzigartig. Sie ist ... der Mittelpunkt meines Lebens!«
»Dann sollen wir für Sie den Übergabeort herausfinden, an dem der Entführer Geld und Geige tauschen möchte?«, fragte Peter.
»Auch.« O'Sullivan stand auf und lief zu einem eleganten Schreibtisch, der mit Blickrichtung zur Fensterfront auf der anderen Seite der Bibliothek stand. An einem seiner Füße

lehnte ein großer Metallkoffer. Als der Filmproduzent ihn anhob, war zu sehen, dass sein Inhalt durchaus Gewicht hatte. O'Sullivan trug den Koffer herbei, schob das Schreiben des Entführers zur Seite und hob ihn vorsichtig auf den Tisch. Dann öffnete er die Schlösser, die mit einem leichten Klicken aufsprangen. »Bitte schaut hinein!«, sagte er.
Peter beugte sich vor und hob den Deckel an. Ein Bündel rutschte ihm entgegen. Es waren Dollarscheine. Er öffnete ihn ganz. Der Koffer war voller Geld!

Ein verlockendes Angebot

»Wahnsinn!«, rief Peter und seine Augen leuchteten. So viel Geld auf einem Haufen hatte er noch nie gesehen. »Das sind bestimmt …«
»Exakt eine Million Dollar«, sagte Mr O'Sullivan. »In Hundertern. Ihr könnt es gerne nachzählen.«
Peter war von dem Anblick immer noch ganz fasziniert. Er nahm eins der Bündel aus dem Koffer und ließ seinen Daumen über den Schnitt fahren. »Und Sie wollen das viele Geld einfach so abgeben?«
»Von *wollen* kann ja keine Rede sein«, sagte O'Sullivan ernst. »Und nicht ich, sondern *ihr* gebt es ab. Genau für diese Aufgabe möchte ich euch gewinnen!«
»Verstehe ich das richtig? Wir … wir sollen das viele Geld nehmen, eine Million Dollar, und damit einfach so losgehen und … und es dem Entführer in die Hand drücken?«, stotterte Peter los.
O'Sullivan lachte auf, wenn auch nur kurz. Es war das erste Lachen, das er hören ließ, seit die drei ??? bei ihm waren. »Deshalb habe ich euch ausgesucht. Ihr seid vertrauenswürdig. Das habt ihr schon oft unter Beweis gestellt. Außerdem seid ihr in das Leben von Rocky Beach so eingebunden, dass ihr nicht mit dem Geld verschwinden werdet!«
»Wieso übergeben Sie das Geld nicht selbst?«, fragte Peter zurück.
O'Sullivan deutete auf das Schreiben des Entführers. **KEINE POLIZEI – NUR EIN BOTE: – EIN KIND** stand dort geschrieben.
Justus nickte. »Der Entführer geht ungeheuer vorsichtig vor«, sagte er. »Er lockt den Überbringer in eine unwegsame, aber für

ihn vermutlich überschaubare Landschaft. Eben die auf dem Foto. Es darf nur eine einzige Person kommen, der er körperlich auf alle Fälle überlegen sein möchte. Wenn ein Kind gewählt wird, ist ausgeschlossen, dass es sich um einen verkleideten Polizisten oder eine Polizistin handelt. Ein Kind trägt keine Waffe bei sich. Das alles lässt auf einen Einzeltäter schließen, der sich absichern möchte. Möglicherweise ist es auch eine Frau.«

»Aber wir sind keine Kinder mehr«, sagte Peter mit einem Anflug von Empörung in der Stimme.

»Andererseits auch noch nicht richtig erwachsen«, antwortete Bob ruhig. »Hat uns das nicht schon in vielen Situationen geholfen?«

»Ja, man unterschätzt uns gerne«, ergänzte Justus mit einem Lächeln auf den Lippen. »Doch, der Täter dürfte einen von uns akzeptieren. Schließlich kann man keinen Sechsjährigen in solch eine Situation bringen!«

Peters Blick hatte sich die ganze Zeit über nicht von dem Geld gelöst. Seine Hand strich über die Scheine. »Ihr habt Recht«, sagte er und seine Augen leuchteten immer noch. »Ich glaube, ich wäre der richtige Mann, um die Dollars zu überbringen!«

»Ich dachte eher an Justus«, sagte O'Sullivan mit Nachdruck. »Euren Chef. Und ich möchte euch nicht verschweigen, dass die Aufgabe nicht so ungefährlich ist, wie es vielleicht scheint. Ist dem Entführer wirklich zu trauen? Was passiert, wenn etwas schief läuft? Vielleicht ist es ganz gut, dass ihr zu dritt seid. Schließlich fahrt ihr eine Million Dollar durch die Gegend! Falls ihr den Auftrag überhaupt annehmen wollt ...«

»Wie sieht es mit dem Honorar aus?«, fragte Peter mit belegter Stimme. »Bei dieser Summe müsste doch auch für uns was ...«

»Selbstverständlich nehmen wir den Auftrag an«, fuhr Justus dazwischen und bedachte Peter mit einem skeptischen Seitenblick. Hatte der plötzlich nur noch Geld im Kopf?

Auch Bob nickte schnell.
»Ich habe irgendwo gelesen, dass ihr kein Honorar verlangt«, beantwortete O'Sullivan zunächst ganz ruhig Peters Frage, ohne auf dessen Nervosität einzugehen. »Aber falls ihr mir die Geige zurückbringt, wird natürlich eine schöne Spende für euer Detektivbüro abfallen. Vielleicht braucht ihr einen neuen Computer ... oder eine bessere Kamera.« Mit einem Blick auf Justus fuhr er fort: »Ich danke euch jedenfalls sehr. Ich wusste, dass ich mich auf die drei ??? verlassen kann!«
Justus nickte abwesend. Er hatte längst Feuer gefangen. »Zunächst müssen wir den Übergabeort ausfindig machen«, sagte er und nahm das Schreiben des Entführers in die Hand. »So schwer dürfte das doch nicht sein. Schließlich möchte uns der Entführer ja kein Hindernis in den Weg legen.«
»Die Stelle muss in der uns zur Verfügung stehenden Zeit erreichbar sein«, überlegte Bob. »Mr O'Sullivan, Sie sagten vorhin, Sie hätten das Schreiben bereits gestern bekommen? Dadurch haben wir viel Zeit verloren!«
»Das stimmt.« Der Filmproduzent setzte sich zurecht. »Ja, es war gestern. Mir fuhr so richtig der Schreck in die Glieder, als ich das Blatt in den Händen hielt! Ich musste erst einmal überlegen, wie ich reagieren sollte. Aber mir war sofort klar, dass ich kein Risiko eingehen und die Geige zurückkaufen würde. Aber woher das viele Geld nehmen? Obwohl ich über ein beträchtliches Vermögen verfüge, liegt eine Million Dollar natürlich nicht einfach bei mir im Wohnzimmer herum. Die Beschaffung von so viel Bargeld hat mich einige Zeit gekostet. In meiner Hausbank hat man zwar die Stirn gerunzelt, aber zum Glück wurden keine Fragen gestellt. Vor viel größere Probleme sah ich mich durch die Forderung nach dem Kind gestellt. Ich musste eine zweite Person ins Vertrauen ziehen. Doch wen? Ich selbst habe keine Kinder. Ich konnte ja schlecht zu meinen

Nachbarn gehen ... Bis ich heute Morgen durch einen glücklichen Zufall auf die Idee mit euch kam! Mir fiel ein alter Zeitungsartikel über die drei ??? in die Hände. Ich weiß nicht, was ich gemacht hätte, wenn ihr keine Zeit gehabt hättet ... Wahrscheinlich wäre ich letztendlich selbst gefahren.«

»Doch wohin?«

»Ja, wohin?« O'Sullivan sackte wieder in sich zusammen.

»Es muss sich um einen einigermaßen bekannten Ort handeln«, sagte Justus. Er betrachtete das große der drei Fotos genauer. Am unteren Rand des dritten Bildes waren Menschen zu sehen, die an den Felsen entlangkletterten. »Scheinen Touristen zu sein ...«

»Vielleicht ein Nationalpark«, überlegte Bob. »Einer, der in der Nähe ist. Aber um den Grand Canyon handelt es sich nicht. Nicht tief genug und zu viele Bäume ...«

»Aber die Schlucht ist weniger bewachsen als Yosemite«, sagte Peter, »Ich schätze mal, die Himmelsrichtung Grand Canyon stimmt, Bob.«

Justus nahm den Faden auf. »Es müsste einer der Parks hinter Las Vegas sein. Bryce schließe ich aus, dessen Felsen sehen vollkommen anders aus, Arches ...«

»Zion«, sagte Bob plötzlich. »Das muss der Zion Nationalpark sein! Ich erinnere mich, dass ich mit meinen Eltern dort einmal durch einen Tunnel gefahren bin, genau wie der, der auf diesem Bild ist!« Er deutete auf das entsprechende Foto. »Von der Landschaft her könnte es passen! Mr O'Sullivan, besitzen Sie Bücher über die Nationalparks?«

»Aber natürlich!« O'Sullivan stand auf und lief zu einem Bücherregal, in dem mehrere großformatige Bände standen. Nach kurzem Suchen kam er mit einem Bildband über den Zion Park zurück. Sie brauchten das Buch nur kurz durchzublättern, um die Übereinstimmung der Örtlichkeiten zweifelsfrei festzustellen.

»Dann führt das dritte Foto an den gewünschten Übergabeort«, sagte Justus mit Jagdfieber in den Augen. »Der Felsen mit dem Kreuz. Mr O'Sullivan, als nächstes benötigen wir eine Karte, um die Lage genauer unter die Lupe zu nehmen. Wir dürften noch gut in der Zeit liegen!«
Der Filmproduzent brachte eine Kiste herbei, aus der eine Menge Landkarten hervorquollen. Doch Justus schnappte sich erst einmal einen Straßenatlas, der seitlich in der Kiste steckte, und klappte ihn auf. Sein Finger fuhr über den Plan. »Bis zum Zion Park sind es, ich schätze mal ... sieben bis acht Stunden Fahrtzeit. Ohne Pause gerechnet. Um den Tausch Geld gegen Geige am Nachmittag zu vollziehen, sollten wir spätestens morgen früh um vier starten.«
»Um vier Uhr morgens?«, fragte Peter erschrocken.
»Lieber wäre mir, ihr fahrt noch heute los«, sagte O'Sullivan mit Nachdruck. »Wenn sich während der Fahrt etwas verzögert, ist meine Geige weg! Ich möchte nicht auf die Geduld des Täters setzen.«
»Dem Argument ist kaum etwas entgegenzusetzen«, antwortete Justus. »Wir wollten den Memorial Day doch sowieso zu einer kleinen Spritztour nutzen ... Fahren wir heute noch!«
»Einverstanden«, sagte Bob. Auch Peter nickte.
»Wunderbar!« Der Filmprozent wirkte so erleichtert, dass er direkt ein paar Jahre jünger aussah. »Selbstverständlich bekommt ihr einen Mietwagen gestellt. Und für eure Spesen komme ich natürlich auch auf! Ich denke, ein Vorschuss von 1000 Dollar müsste fürs Erste reichen. Den Rest gebt ihr mir bitte zurück!«
»Wie bleiben wir in Kontakt?«, wollte Justus wissen.
»Ich würde gerne in eurer Nähe bleiben, wenn auch mit dem nötigen Sicherheitsabstand.« O'Sullivan studierte die Karte. Sein linker Zeigefinger fuhr über die Straßenlinien. »Vielleicht

suche ich mir ein Hotel in St. George. Das liegt einigermaßen günstig. Über Handy können wir uns dann verständigen.«
»Gut. – Und wie erkenne ich die *Diener des Herrn*?«
Der Filmproduzent sah Justus verblüfft an. »Wie meinst du das?«
»Na, woher weiß ich, ob der Entführer mir auch die richtige Geige aushändigt?«
»Ach so! Du denkst an alles, Justus! Respekt!« O'Sullivan stand auf, lief an seinen Schreibtisch und öffnete eine Schublade. Nach einigem Suchen kehrte er mit einem Foto zurück. »Reicht das? Ich hätte das Bild nur gerne wieder. Es wurde von einem Fotografen der Gesellschaft aufgenommen, bei der das Instrument versichert ist.«
Justus nahm das hochformatige Bild. Die Geige war optimal zu sehen. O'Sullivan hielt sie senkrecht vor seinem Bauch. Seine Hände umfassten das Ende des Klangkörpers mit einer Zartheit, als wäre das Instrument ein Baby. Die Schnecke, das obere Ende der Geige, lehnte an seinem Kinn. O'Sullivans Lippen umspielte ein verzücktes Lächeln.
»Man spürt Ihre Liebe zu der Geige«, sagte Justus und steckte das Foto ein. Er beschloss, eine Kopie davon an Jelena zu geben, damit sie parallel zur Übergabe an die Recherchen über den möglichen Täter gehen und etwas über die von O'Sullivan angesprochene Versteigerung in New York ausfindig machen konnte. Denn bei Auktionen gab es immer auch Verlierer. Eine Randbemerkung O'Sullivans hatte ihn auf diese Spur gebracht.
Dann fiel ihm etwas anderes ein. »Eine Frage noch: Ist Mr Hendry eigentlich in alles eingeweiht?« O'Sullivans Gesicht nahm einen erstaunten Ausdruck an.
»Paul? Ich habe keine Geheimnisse vor ihm, aber ...«, der Produzent zögerte kurz, »... nun, ich werde wohl alleine fahren. Trotzdem: Ihr denkt doch nicht ...«

»Es war eine reine Informationsfrage«, sagte Justus sachlich.
O'Sullivan schwieg.
»Schön!« Peter klappte den Geldkoffer entschlossen zu. »Dann wäre ja alles geklärt. Machen wir uns an die Arbeit. Ich nehme schon mal das Geld.«
Justus und Bob wechselten einen Blick. »Peter …«, sagte Justus vorsichtig, »ich glaube nicht, dass es klug wäre, mit einem teuren Designerkoffer loszufahren, der bereits in leerem Zustand Aufmerksamkeit auf sich zöge. Ich schlage vor, wir stecken das Geld in … braune Packpapiertüten.«
»Papiertüten?«, sagten O'Sullivan und Peter wie aus einem Munde.
»Papiertüten. Wie es sie im Supermarkt gibt. Als hätten wir gerade Spagetti für unseren Wochenendtrip eingekauft. Drei abgebrannte Jungs auf Campingtour. Da vermutet niemand etwas. Und wählen Sie einen preiswerten Leihwagen, Mr O'Sullivan. Einen, der nach nichts aussieht. Wir wollen so wenig wie möglich auffallen. Sonst sind Ihre Dollars verschwunden, ehe wir den Zion Park überhaupt nur zu Gesicht bekommen haben.«
Mr O'Sullivan sah ihn anerkennend an und drückte auf einen unter dem Tisch verborgenen Knopf. »Ich wusste doch, dass ich mit dir die richtige Wahl getroffen habe.«
Wenige Augenblicke später erschien Paul Hendry. Auf seinem Anzug zeigten sich ein paar Wasserflecken. »Sie haben mich gerufen, Mr O'Sullivan?«
»Papiertüten. Wir benötigen Papiertüten, wie es sie im Supermarkt gibt.«
»Das … so etwas haben wir nicht im Haus, Sir.«
»Dann besorgen Sie uns welche, Paul. Fahren Sie zum nächsten Supermarkt!«
»Tüten, selbstverständlich. Wie viele dieser Tüten wünschen Sie?«

»Drei. Zwei dürften für unsere Zwecke reichen, eine als Ersatz.« Der Diener nickte gehorsam und machte sich auf den Weg.

»Am besten, wir zählen es noch mal!«, sagte Mr O'Sullivan und schüttete den Inhalt des Koffers auf den Tisch. »Nicht, dass irgendjemand hinterher behauptet, die Summe des Lösegelds hätte nicht gestimmt …«

Nichts wie weg!

Es dauerte viel länger als geplant, bis sie endlich San Bernardino hinter sich gelassen hatten. Entnervt vom dichten Verkehr im Großraum Los Angeles verließ Peter den Highway und steuerte einen Truckerparkplatz an, um Bob ans Steuer zu lassen. Längst hatte Peter Justus' Plan verflucht, sich durch eine möglichst armselige Ausrüstung zu tarnen. Das Lenkrad des alten Chevrolet hatte zu viel Spiel, die Automatik arbeitete nicht sauber, und zu allem Überfluss besaß das Fahrzeug keinen CD-Player.

»Dann schalten wir eben das Radio ein«, war Justus' ungerührter Kommentar gewesen. »Sender gibt es hier ja genug!«

»In Los Angeles vielleicht, aber später in der Wüste? Da können wir uns dann anhören, wie der Wind durch die Rostlöcher pfeift! Wir hätten O'Sullivans Großzügigkeit ruhig etwas ausnutzen können!«

Peter parkte den Wagen in einigem Abstand zu einem der Trucks und stieg aus. Auch Justus und Bob vertraten sich die Füße, doch sie entfernten sich nur so weit, dass sie die wie achtlos auf dem Rücksitz gelagerten Papiertüten immer im Auge behalten konnten.

»In spätestens einer Stunde ist es dunkel«, bemerkte Justus mit einem Blick zum Horizont. »Wir sollten ans Abendessen denken.«

Auch Bob knurrte der Magen. »Unglücklicherweise hast du bei unserem überstürzten Aufbruch Tante Mathildas Lunchpaket in der Zentrale liegen lassen!«, grummelte er.

»Weil sich Peter bei mir noch schnell ein paar CDs aussuchen wollte! CDs, die keiner braucht!«

»Ach! Ich bin wieder schuld?«, fuhr Peter herum.

»Klar bist du schuld! Es hat nämlich eine sehr lange Tradition bei uns, dass du schuld bist, Peter.« Justus grinste Bob an. »Ist es nicht so, dritter?«
»Es ist so!«
»Na, wie ihr meint!« Peter schlenderte zu Justus und Bob, die vor der Kühlerhaube des Fahrzeugs standen. »Wisst ihr was?«, sagte er mit gedämpfter Stimme und seine Augen flackerten seltsam. »Ich habe keine Lust mehr auf diese Abenteuer, in die wir immer wieder geraten! Und gefährlich sind sie auch noch! Für irgendwelche Leute holen wir die Kohlen aus dem Feuer und bekommen dafür nichts und wieder nichts! Wie lange sollen wir das noch so weiter treiben?«
»Ich mag kaum glauben, dass es ein Fehler ist, anderen Menschen zu helfen«, bemerkte Justus trocken.
»Hören wir auf«, redete Peter weiter, als hätte Justus nichts gesagt. »Wir haben genug Detektivgeschichten erlebt. Irgendwann geht es schief! Und dann sitzen wir richtig in der Tinte!«
»Du willst dich also zur Ruhe setzen?«, fragte Bob amüsiert.
»Klar! Lasst uns die Kohle nehmen und abhauen!«
»Wie bitte?«
»Das Geld. Die Million!«
»Peter, bist du verrückt?«
»Warum denn? Das ist doch eine fette Summe, um sich eine Zukunft aufzubauen …«
»Eine Surfschule auf Hawaii vielleicht?«, fragte Justus ironisch.
»Oder du wirst Professor an einer Akademie, in der man das Flirten lernt«, grinste Bob. »Wir assistieren dir dann …«
»Ach, ihr nehmt mich nicht ernst.«
»Und die Schule?«
»Brauchen wir nicht mehr!«
»Unsere Eltern?«
»Bei denen werden wir uns schon wieder melden.«

»Kelly?«
»Kelly? Frauen gibt's genug!«
»Was ist denn das für ein Spruch?«, fragte Justus. »Herrscht zwischen dir und Kelly mal wieder dicke Luft? Darf ich dich daran erinnern, Zweiter, dass du in aller Regel nach spätestens drei Tagen mit Tränen in den Augen auf den Knien zu ihr rutschst und sie um Vergebung bittest?«
»Nachdem wir dich seelisch wieder aufgebaut haben«, fügte Bob hinzu.
Doch Peter ließ nicht locker. »Die Million, die tut O'Sullivan doch nicht weh. Wir fahren einfach Richtung Mexiko ...«
»Peter, jetzt hör bitte auf. Wir sind keine Kriminellen!«
»Wir könnten erzählen, das Geld sei uns gestohlen worden, und es einfach an einem sicheren Ort vergraben ...«
»Peter! Wir haben einen Auftrag, den wir erfüllen werden. Wir müssen eine wertvolle Geige zurückbringen. Darauf haben wir unser Wort gegeben«, erinnerte Justus.
»Ab welcher Summe wirst du eigentlich weich, Justus?«, fragte Peter herausfordernd. »Zwei Millionen? Zehn?«
»Ab gar keiner. Es könnten hundert Millionen sein. Wir würden nicht glücklich, wenn wir das Geld nähmen. Hör auf zu träumen, Peter!«
Einen Moment lang sahen sie die Sonne an, die sich weiter dem Horizont genähert hatte.
»Wahrscheinlich hast du Recht, Justus«, sagte Peter. »Wie immer. Dass Justus Jonas Recht hat, ist ja ebenfalls eine lange Tradition bei uns.« Er klopfte Justus auf die Schulter. »Kommt, Kollegen, lasst uns weiterfahren. Zu irgendeinem Fastfood-Restaurant. Wenn ihr die Million partout nicht haben wollt, gibt's halt billige Hamburger statt Steak und Salat...« Er grinste und warf Bob den Autoschlüssel zu. Der fing ihn mit der linken Hand auf. Und mit nachdenklicher Miene.

Es dauerte noch eine ganze Weile, bis Bob eine passende Gelegenheit für eine Essenspause gefunden hatte. Der Verkehr war nach wie vor dicht. Ganz Los Angeles schien sich in Richtung Osten aufgemacht zu haben. Zudem bretterten immer wieder riesige Trucks an ihnen vorbei. Dann endlich wies ihnen das in der Dunkelheit hell leuchtende Schild einer Fastfood-Kette den Weg.

Bob stoppte den Wagen auf dem Parkplatz vor dem Restaurant und warf Justus einen fragenden Blick zu. »Was machen wir mit dem Geld? Wechseln wir uns ab, und einer von uns bleibt zum Aufpassen hier?«

»Also *mein* Magen braucht dringend Füllstoff!«

»Da schließe ich mich doch sofort an«, sagte Peter. »Ich denke, wir gehen alle zusammen und nehmen die paar Dollars einfach mit rein!«

Sie stiegen aus und Peter und Bob klemmten sich jeweils ein Paket unter den Arm. Das Wissen um den wertvollen Inhalt der Tüten machte sie schwerer, als sie tatsächlich waren. Den ganzen Weg über warfen Bob und Peter skeptische Blicke in die Umgebung, als könnte hinter jedem Auto ein Mann mit Pistole lauern, der ihnen den Schatz aus den Händen reißen wollte. Nur Justus schien locker zu bleiben. »Kein vernünftiger Mensch überfällt drei abgebrannte Jungs«, brummte er, als er Peters ängstlichen Blick bemerkte.

›Aber wer ist heutzutage schon vernünftig‹, schoss es Peter durch den Kopf. Ein Satz, den seine Mutter gerne auf den Lippen führte.

Dann öffnete sich die automatische Tür des Restaurants, und ein durch die Klimaanlage gekühlter Geruch von Fett schlug ihnen entgegen.

Bob und Peter wählten einen Platz, von dem aus sie den Eingang beobachten konnten, während sich Justus mit einem Tablett bewaffnet um die notwendige Grundversorgung an Spar-Menüs kümmerte. Sie waren ein so eingespieltes Team, dass er die Vorlieben der anderen beiden Detektive längst kannte. Auch dieses Mal war in den Schachteln, Pappbechern und Einwickelpapieren für jeden das Richtige dabei. Mit Heißhunger machten sich die drei über das Minutenessen her.

»Die Spesen bekommen wir doch von O'Sullivan bezahlt!«, fiel es Peter plötzlich ein, und er wischte sich ein Rinnsal Mayo aus dem Gesicht. »Da hätten wir eigentlich auch vernünftig essen gehen können!«

»Aber so sparen wir Zeit«, antwortete Justus schmatzend. »Der Verkehr hat uns ziemlich aufgehalten, und es wäre gut, wenn wir heute Abend noch weiter kommen! Wo steckt eigentlich das Geld?«

Das Geld! Bob und Peter zuckten unwillkürlich zusammen und wiesen dann erleichtert zwischen sich. »Liegt neben uns auf der Bank!« Sie stellten die Tüten so hin, dass auch Justus sie im Blick haben konnte.

»Ob man mit einer Million wohl den ganzen Laden hier kaufen kann?«, überlegte Peter laut. Er öffnete die nächste Pappbox und ein mit viel Ketchup angereicherter Hamburger quoll ihm entgegen.

Bob saugte hingebungsvoll an seiner Cola und murmelte: »Ich wüsste was Besseres, als einen Burgerladen im Nirgendwo zu betreiben …« Doch genau in diesem Augenblick verschlug es ihm kurz die Sprache. »Freunde, kneift mich mal«, stieß er dann hervor. Seine Augen hatten sich auf den Eingang geheftet.

Justus und Peter folgten seinem Blick. Ihre Mienen erstarrten.

»Dick Perry«, würgte Justus hervor. »Das kann nichts Gutes bedeuten!«

Dick Perry war ein kleiner, dicker und reichlich unangenehmer Detektiv aus Santa Monica, der mit seiner Dreistigkeit den

drei ??? schon einmal das Leben schwer gemacht hatte. »Köpfe runter«, raunte Justus reaktionsschnell.
Zu spät. Dick Perry hatte die drei ??? bereits entdeckt. Freudig kam er auf sie zugetrippelt. »Die drei Grünschnäbel aus Rocky Beach, sieh an!«, rief er quer über die Tische hinweg. »Lange nicht mehr gesehen … arbeitet ihr wieder mal an einem interessanten Fall?«
Ein paar Gäste blickten sich um. Möglichst unauffällig rutschte Bob vor die braunen Tüten, doch es gelang ihm nicht ganz, sie zu verdecken. Mit einem schwer zu deutenden Lächeln nahm Dick Perry die letzten Meter und schielte auf einen frei gebliebenen Stuhl. »Ich darf mich doch zu euch setzen …«
»Leider unmöglich«, warf Justus entschieden ein. Mit dem Fuß angelte er nach einem Stuhlbein, um zu verhindern, dass Perry den Platz in Besitz nahm.
»Danke!« Als hätte er nichts gehört, riss Dick Perry den Plastikstuhl an sich und ließ seinen rundlichen Körper auf ihn klatschen. Mit dem Handrücken wischte er sich über die feuchte Stirn. »Heiß heute! Wenn ich mich recht erinnere, habe ich ja noch was gut bei euch, meine Freunde!«
»Nicht dass ich wüsste«, bemerkte Justus. »Wieso treiben Sie sich eigentlich hier herum? Ich dachte, Sie wären …«
»Dick Perry hat überall seine Freunde, die ihm helfen«, unterbrach ihn der kleine dicke Mann heiter und strich seine geschmacklose Krawatte glatt, die er trotz der hohen Temperatur zu seinem abgewetzten Anzug trug. Es war immer noch derselbe Anzug wie früher.
»Also arbeiten Sie wieder als Detektiv?«, fragte Bob nach. »Wie lautete damals Ihr Motto? *Willst du auf die schiefe Bahn, vertraue dich Dick Perry an*?«
Perry seufzte und wackelte bedauernd mit seinem rundlichen und nur mit wenigen Haaren gesegneten Kopf. »Genauso vor-

laut, wie ich euch in Erinnerung habe«, sagte er, »nur leider hapert es etwas mit eurem Gedächtnis, wie? – Aber nun mal raus mit der Sprache: Ihr seid doch wohl nicht auf Urlaub hier?«
»Durchaus nicht«, antwortete Justus gelassen, bevor Peter oder Bob etwas sagen konnten. »Wir erstellen für das Lokalblatt von Rocky Beach eine Fotoreportage über den Umweltschutz in den Nationalparks. Wir suchen seltene Tiere und Pflanzen. Und selbst? Sie sind doch bestimmt auch nicht unterwegs, um im Grand Canyon auf dem Colorado Schlauchboot zu fahren? Ein Interesse Ihrerseits an Naturdenkmälern würde mich ausgesprochen in Erstaunen versetzen!«
Perry lachte auf. »Ich bewundere deine geschraubte Formulierungskunst, Justus, aber mehr noch deinen Scharfsinn! Ich bin ebenfalls auf der Suche ... nach meinem Glück sozusagen – ja, so könnte man es ausdrücken. Und ihr seid also auf Fototour ... und in der braunen Tüte dort habt ihr bestimmt ... die Kamera?«
Bob zuckte zusammen und rückte ein Stück zurück. Mit Schrecken stellte er fest, dass sich eine der Tüten oben aufgefaltet hatte. Hatte Perry etwas gesehen? Schnell drückte er sie wieder zu. »Da drin ist ... was zu essen«, stieß er hervor. »Donuts, mit denen man einen vorlauten Mund stopfen kann!« Augenblicklich bereute er seine harsche Reaktion. Wenn Dick Perry auch nur einigermaßen wachsam war, dann musste er gespürt haben, dass sich hier eine andere Geschichte abspielte.
Doch Perry ließ sich zumindest nichts anmerken. »Ich muss feststellen: Ihr könnt mich immer noch nicht leiden!«, sagte er und setzte eine gespielt beleidigte Miene auf. »Das wird sich wohl nie mehr ändern ... Aber haltet mir bitte den Platz frei, meine lieben Freunde! Ich muss kurz zur Toilette und würde mich gleich gerne weiter mit euch unterhalten!«
Dick Perry stand auf und wackelte davon.

Die drei ??? tauschten ein paar Blicke. Eine wortlose Verständigung: Das war *die* Chance! Jetzt galt es, sich Dick Perry möglichst schnell vom Hals zu schaffen.
Kaum war der kleine Detektiv verschwunden, schnappten Peter und Bob die Geldtüten und sprangen auf. Justus bahnte ihnen bereits den Weg zum Ausgang. Ein allein sitzender Mann mit einer bunten Strickmütze sah ihnen argwöhnisch hinterher. In der Nähe des Ausgangs brach eine Familie mit drei Kindern auf. Als sich Justus an ihrem Tisch vorbeizwängen wollte, schob der Jüngste Justus unabsichtlich, aber wuchtig seinen Stuhl in den Bauch. Justus schrak zurück und spürte im selben Moment, wie Peter gegen ihn prallte. Er fuhr herum und bekam gerade noch die Geldtüte zu fassen, die Peter aus der Hand geglitten war. Doch für Bob war es zu spät. Er kam ins Stolpern und mit einem dumpfen Plopp landete die Packung auf dem Boden. Mehrere Geldbündel rutschten heraus. »Oh nein!« Die drei ??? bückten sich und stopften hastig das Geld zurück in die Tüte. Hoffentlich hatte niemand etwas bemerkt. Doch als sie sich nervös umblickten, schien es, als ob der muffig aussehende Mann mit Strickmütze auffällig schnell seinen Blick abwenden würde. »Raus hier!«, befahl Justus.

Erwischt!

»Wenn wir so weitermachen, haben wir bald eine ganze Meute von Wölfen am Hals, die auf unser Geld scharf sind«, schimpfte Peter, als sie – heftig nach Luft schnappend – endlich wieder im Auto saßen.
»O'Sullivans Geld«, korrigierte Justus. Aber auch er machte sich Sorgen. »Dieser Typ mit der Strickmütze hat mir nicht gefallen!«
»Und warum musste uns bloß diese eklige Klette über den Weg laufen?« Peter saß wieder hinterm Steuer, und jetzt gab er Gas. »Dick Perry, der Schnüffler. Glaubt ihr, dass er etwas geahnt hat? Der riecht doch jede Gelegenheit hundert Meilen gegen den Wind!«
»Was soll's, wir sind ihn ja jetzt los!« Bob fand, dass sie die Situation noch einigermaßen glimpflich überstanden hatten. »Jetzt sind wir alle los! Wovor sollten wir nun noch Angst haben?«
»Denk an die Million!«, stieß Peter hervor. »Diesem Dickwanst ist doch nicht zu trauen! Der taucht bestimmt wieder auf! O'Sullivan bringt uns um, wenn wir sie verlieren …«
»Die Million ruht sicher neben mir. In zwei braunen Papiertüten. Ich halte sie fest, als wären es zwei Babys.«
Peter fuhr auf einen Truck zu und wechselte auf die linke Spur.
»Zweiter, bestünde eventuell die Möglichkeit, dass du zu schnell fährst?«, fragte Justus und schielte vom Beifahrersitz auf den Tachometer des Wagens. Die Nadel stand bei weitem nicht mehr dort, wo sie hingehörte.
»Natürlich fahre ich zu schnell! Ich bin doch nicht auf eine erneute Begegnung mit Dick Perry scharf!«
»Wenn er noch dieselbe alte Kiste wie früher hat, schraubt er so-

wieso noch eine Stunde am Anlasser herum«, versuchte Bob, Peter zu beruhigen. »Soll ich dich nicht lieber mal ablösen, Peter?«
»Halt lieber deine Babys fest«, blaffte Peter zurück und blinkte mit der Lichthupe einen Caravan an, der ihm entschieden zu langsam war. Der Caravanfahrer wechselte hektisch nach rechts und Peter wischte vorbei.
Mehrere Meilen lang sagte niemand mehr etwas.
Dann meldete sich Bob, der sich ab und zu umgedreht hatte, um durch das Rückfenster zu blicken. »Tut mir Leid, Peter: langsamer! Sofort!«
»Was ist los?«
»Polizei!«
»Au, Mist!« Peter ging vom Gas. Doch es war zu spät. Mit Blaulicht näherte sich von hinten ein Streifenwagen. Als er dicht genug aufgefahren war, kam per Lautsprecher die Aufforderung, rechts an den Straßenrand zu fahren und anzuhalten.
Peter tat, wie ihm befohlen wurde, und ließ den Chevrolet bei der nächsten Gelegenheit auf dem rechten Seitenstreifen ausrollen.
Der Polizeiwagen stoppte ebenfalls und die beiden Polizisten stiegen bedächtig aus. Peter kurbelte die Seitenscheibe herunter und legte die Hände ans Lenkrad. »Das kann teuer werden«, sagte er. »Hoffentlich übernimmt O'Sullivan auch die Strafzettel …«
»Und hoffentlich durchsuchen sie nicht das Auto«, sagte Justus. Seine Stimme klang auf einmal überhaupt nicht mehr ruhig. »Was ist, wenn sie von irgendjemandem aus dem Restaurant einen Tipp bekommen haben? Wie sollen wir der Polizei erklären, dass wir mit einer Million Dollar durch die Gegend fahren? Wir wandern ohne Umweg in den Knast, wenn sie das Geld entdecken! Egal was wir erzählen, sie werden uns für Verbrecher halten! Das wäre das Ende unseres Auftrags!«

Bobs linker Arm umklammerte immer noch die Papiertüten. Eine hatte durch den Zwischenfall einen Riss bekommen, der sich nicht mehr ganz zudrücken ließ. Sie waren natürlich noch nicht dazu gekommen, die Ersatztüte aus dem Kofferraum zu holen und das Geld umzuschichten.
»Wir ... wir ... sagen ...«, stotterte Peter nervös. »Oh, da sind sie schon!«
Der eine Officer hatte sich mit gezogener Waffe neben der Fahrertür postiert, während ihn sein Kollege von hinten sicherte.
»Stellen Sie den Motor ab!«
Peter gehorchte.
»Führerschein!«
»Ich ... ja, sofort, Sir!« Mit zwei Fingern griff Peter langsam in seine Brusttasche. Er hatte schon davon gehört, dass eine zu schnelle Bewegung fälschlich als das Ziehen einer Waffe verstanden worden war.
»Drei Jungs!«, rief der Officer seinem Kollegen zu. Und zu Peter gewandt: »Ist das ein Leihwagen?«
Peter nickte.
»Und was treibt ihr?«
»Ein Ausflug. Memorial Day«, stotterte Peter.
»Ausflug? Memorial, was?«
»Wir fahren ... in die Nationalparks. Zion Park.«
»Zion ... Heute Abend noch?«
»Nein, Sir, wir ... übernachten in einem Motel!«
»Dafür habt ihr Geld?«
»Ja, Sir, wir suchen uns ein einfaches Haus!«
Der Officer nickte unbestimmt in den Wagen. Es war klar, dass er drei Jungen, die nachts mit zu hohem Tempo in einem Leihwagen Richtung Las Vegas fuhren, keinen Zentimeter über den Weg traute. Oder steckte mehr hinter der Kontrolle?
»Ihr beiden auch, eure Papiere!«

Bob ließ das Geld los und kramte in seiner Jacke herum. Er meinte zu spüren, wie der Blick des Polizisten an der Tüte hängen blieb. Er schwitzte aus allen Poren. »Hier, meine ID-Card«, sagte Bob und beugte sich vor, wobei er versuchte, die Tüte mit dem Geld gegen die Rücklehne zu schieben.
»Danke. – Steigen Sie aus, Mr Shaw! Kofferraum auf!«
Peter atmete durch. Das war ja noch mal gut gegangen. Der Polizist hatte das Geld nicht entdeckt. Vorsichtig stieg Peter aus und öffnete den Kofferraum. Der zweite Polizist trat hinzu und wühlte in der Ansammlung von Schlafsäcken und Klamotten herum. Aus den Augenwinkeln bemerkte Peter, dass weiter hinten ein drittes Auto angehalten hatte. »Hier ist alles okay«, sagte der Polizist, der das Gepäck untersucht hatte. »Was Jungs so dabei haben …« Er klappte die Kofferraumhaube zu.
»Hm.« Sein Kollege nickte und sah aus, als ob er mit der Auskunft zufrieden wäre. Doch dann fiel sein Blick auf die Rückbank. »Was ist da drin?« Er deutete auf die Tüten.
»Spagetti, Sir!«, rief Justus schnell vom Beifahrersitz aus. Eine Notlüge musste in ihrer Situation erlaubt sein. Auch wenn sie die Polizei vor sich hatten. »Nun glauben Sie uns doch. Wir haben nichts auf dem Kerbholz! Wir wollen das lange Wochenende ausnutzen und sind ein wenig zu schnell gefahren! Das geben wir ja zu!«
Der Polizist verzog keine Miene. »Gebt mir das mal raus!«
Zitternd näherten sich Bobs Hände der ersten Tüte. Justus hatte Recht. Wenn der Polizist das Geld entdeckte, war es vorbei mit dem Auftrag. Er würde denken, sie hätten es gestohlen.
Bis sie die ganze verwickelte Geschichte geklärt hätten, würden Tage vergehen. Tage, die sie im Gefängnis verbringen würden. Schönes Wochenende – und der Auftrag wäre gescheitert … Warum geschah nicht irgendetwas? Jetzt? Der Polizist nickte

Bob ungeduldig zu. Bob packte die erste Tüte und der Polizist öffnete die Seitentür, um sie entgegenzunehmen.

»Hallo, meine lieben Freunde!«

Das gab es doch nicht! Die Stimme von Dick Perry. Die Köpfe der drei ??? fuhren herum. Tatsächlich kam niemand anderes als der kleine Detektiv herangetrippelt. Aufgeregt wedelte er mit einem dunklen Mäppchen durch die Luft. Den ersten Polizisten ließ er stehen wie eine Slalomstange. Nie zuvor hatte sich Bob vorstellen können, sich über den Anblick von Dick Perry freuen zu können. Doch in dieser Sekunde tat er es.

»Meine lieben Freunde von der Polizei!« Dick Perrys Stimme überschlug sich förmlich, als er auf den Polizisten neben dem Auto der drei ??? zuhüpfte. »Ich bin sozusagen ein Kollege von Ihnen – ein ganz unwesentlicher Kollege zugegebenermaßen, doch immer auf der richtigen Seite! Hier mein Ausweis! Ich bin Detektiv meines Zeichens und stets im Dienst von Recht und Freiheit!«

Den drei ??? blieb die Luft weg. Was hatte das jetzt wieder zu bedeuten?

Mehr verwundert als beeindruckt ging der Polizist, der eben noch Bobs Papiertüte inspizieren wollte, einen Schritt auf Dick Perry zu. »Und?«, fragte er und warf einen flüchtigen Blick auf Perrys Ausweis.

»Die drei Jungen da, sie sind in Ordnung, Sir! Sie kümmern sich um seltene Tiere in den Nationalparks! Haben sie das nicht erzählt? Immer ein wenig schüchtern, die drei. Wollen ihre guten Taten nicht groß herauskehren! Ihre Mamas haben mich beauftragt, sie zu beschützen, weil sie sich Sorgen machen um die lieben Kleinen. Es kann einem ja so viel passieren in der Fremde. – Die Jungs sind offenbar ein wenig zu schnell gefahren, nicht wahr? Der Leichtsinn der Jugend, lieber Kollege ...« Dick Perry lachte auf und legte eine Hand auf den Arm

des Polizisten, der ihn um mindestens einen halben Meter überragte. »Waren wir früher nicht genauso? Aber Sie haben ja Recht. Recht und Ordnung! Am besten, Sie knöpfen den Jungs ein paar Dollars ab, dass es ihnen eine Lehre ist!«
»Das wollte ich gerade tun, Mister … Perry!«
»Wundervoll! Sie sind ein so guter Polizist! Wissen Sie, ich habe schon viele Ihrer Kollegen kennen gelernt. So hilfsbereite Menschen! Und immer für Recht und Ordnung!«
»Mister! Würden Sie mich jetzt bitte meinen Job machen lassen?«
»Aber selbstverständlich, Sir!« Perry verbeugte sich leicht und ging einen Schritt zurück.
Der Polizist trat wieder an das Auto und nannte eine Summe. Es dauerte eine Weile, bis die drei ??? das Geld zusammen hatten.
Der Polizist zählte alles genau nach und stellte eine Quittung aus. »Beim nächsten Mal seid ihr richtig dran!«, sagte er, bevor er sich umdrehte. »Seltene Tiere hin oder her!«
»Wir haben verstanden, Sir!«, versicherte Peter schnell, der inzwischen wieder im Wagen saß.
Der Polizist warf Perry einen argwöhnischen Blick zu, den der Detektiv mit einem schleimigen Grinsen erwiderte, und ging zusammen mit seinem Kollegen zum Polizeiwagen. Sie starteten und fuhren davon. Dick Perry winkte ihnen noch eine Weile hinterher.
Dann trat der kleine dicke Detektiv aus Santa Monica an den Chevrolet der drei ??? und streckte seine schwitzige Hand durch das nach wie vor geöffnete Fenster. »Na? Sind wir jetzt Freunde?«, fragte er.
Peter reagierte nicht, aber Justus stellte mit einem skeptischen Ton in der Stimme fest: »Ihr kleiner Dienst war doch bestimmt nicht uneigennützig! Oder schätze ich das falsch ein, Mr Perry?«

Dick Perry zog die verweigerte Hand enttäuscht wieder zurück. »Justus Jonas denkt wohl nur in Geschäften! Da kennt ihr euren Dick Perry aber schlecht. Nein, ich möchte euch nur helfen! Ich habe ein reines Herz! Helfen, meine Freunde! Es stinkt doch tausend Meilen gegen den Wind, dass ihr in Schwierigkeiten steckt!«

»Uns geht's verdammt gut!«, zischte Justus. »Zumindest wenn wir nicht von Polizisten und Detektiven belästigt werden!«

»Detektiven?« Perry lachte auf. »Ihr schimpft euch doch selber welche!«

»Detektiven aus Santa Monica«, schränkte Justus ein. »Wenn Sie überhaupt noch einer sind!«

»Nun, meine Detektivmarke ist in der Tat ein wenig ... antik. Aber das ist dem netten Polizisten nicht weiter aufgefallen«, grinste Dick Perry. Sein Blick wanderte durch das Innere des Wagens. »Ich müsste mich verdammt täuschen, wenn eure Gereiztheit nicht etwas damit zu tun hat, was ihr in diesen beiden Tüten habt«, sagte er. »Du klammerst dich ja daran fest, als wäre es deine Altersversicherung, Bob. Du bist doch Bob?«

Bob schluckte.

Justus nutzte den Moment und gab Peter ein Zeichen.

Peter nickte. »Auf Wiedersehen, Mr Perry«, rief er, drehte den Zündschlüssel und startete durch. Im Rückspiegel sah er, wie ihnen Dick Perry hinterherfluchte und dann eilig zu seinem Wagen zurücktrippelte.

Miese Tricks

»Den Kerl werden wir so schnell nicht wieder los«, befürchtete Peter. »Die Taktik mit dem Schnellfahren hat sich erledigt. Beim nächsten Polizei-Stopp kommen wir nicht mehr so glimpflich davon. Außerdem hat uns Dick Perry in der Hand. Er ahnt, dass wir ein Geheimnis mit uns herumtragen, und kann uns jederzeit an die Polizei verpfeifen.«

»Und der können wir ja schlecht erklären, dass wir auf dem Weg zum Übergabeort eines Erpressers sind und deshalb die hübsche Summe von einer Million Dollar bei uns tragen«, ergänzte Justus. »Zur Not müssten wir natürlich die Wahrheit sagen. Aber den Auftrag zu erledigen, hat erste Priorität.«

»Also werden wir mit der Anwesenheit von Perry leben müssen«, meldete sich Bob von hinten. Er hatte sich herumgedreht, um durch das Rückfenster den Verkehr zu kontrollieren. »Unser Freund ist bereits hinter uns!«

Trotz dieser Information ließ Peter den Wagen sogar noch langsamer werden. Mit gut sechzig Meilen rollte er den Highway entlang. »Dann ändern wir unsere Taktik: Wiegen wir Perry in Sicherheit! In einer Stunde suchen wir uns ein Motel, checken ein und winken ihm noch einmal freundlich zu. Morgen müssen wir ihn dann bei einer günstigen Gelegenheit irgendwie abhängen!«

»Bloß wie?« Justus nickte nachdenklich. Die Fahrt verlief verzwickter, als er es sich vorgestellt hatte. Einen schmierigen, fiesen Schnüffler, der die nervige Angewohnheit hatte, in den unpassendsten Momenten aufzutauchen, konnten sie bei einem so heiklen Auftrag wirklich nicht brauchen. Auch wenn Dick Perry sie bei der Polizeikontrolle gerettet hatte. Andererseits wären sie ohne ihn nicht in diese Situation geraten.

Nach einer Weile entdeckten die drei ??? eine bunte Hotelreklame und verließen den Highway.
Wie ein Schatten folgte ihnen das Auto von Dick Perry.
Ein einfaches Motel wartete inmitten einer öden Landschaft, umgeben von den trockenen Sträuchern der Halbwüste, die sich bei der armseligen Beleuchtung schnell in der Dunkelheit verloren. Die drei ??? checkten ein und bekamen ihr Zimmer zugewiesen. Als sie die Rezeption verließen, zwinkerte ihnen Dick Perry, der diskret vor der Tür gewartet hatte, verschwörerisch zu.
Sie parkten das Auto vor ihrem Zimmer und trugen das wenige Gepäck hinein. Die karge Einrichtung verschlechterte noch ihre niedergeschlagene Stimmung. Nach ein paar Minuten hörten die drei ???, wie ein weiteres Auto einparkte und kurz darauf die Tür des Nachbarraums aufgeschlossen wurde. Bob hätte sich den Blick nach draußen sparen können. Er wusste auch so, dass es Perrys alter Ford war, der neben ihrem Chevrolet stand.
Bob und Justus hatten eine unruhige Nacht. Der einzige, der einigermaßen schlafen konnte, war Peter, der davon träumte, wie ihm ein Mann, der aussah wie Dick Perry, einen Sack voll Geld schenkte.
Die beiden anderen Detektive lagen immer wieder wach und hörten Dick Perry schnarchen. Ein Sägewerk war nichts dagegen. Und die Wände waren dünn. Immer wieder nahm Justus das Foto der Geige zur Hand, das neben ihm auf dem Nachttisch lag, und prägte sich das Aussehen des Instruments genauestens ein. Zwischendurch studierte er den Straßenatlas, den er aus der Zentrale mitgenommen hatte. Gegen fünf Uhr verlor Justus die Geduld, und zusammen mit Bob weckte er seinen dahinträumenden Kollegen. »Peter! Die Gelegenheit ist günstig! Dick Perry schläft tief und fest! Lasst uns abhauen!«

So leise sie konnten, machten sich die drei Jungen bereit. Bob und Peter klemmten sich das Gepäck unter die Arme, während sich Justus das Geld schnappte, das sie während der Nacht dicht neben dem Bett deponiert hatten. Bob schob den Türriegel zurück. »Licht aus, raus, Gepäck ins Auto werfen, ich ans Steuer und tschüss, Dick Perry«, wiederholte er noch einmal den einfachen Plan für die nächsten sechzig Sekunden. Dann zog er mit einem kräftigen Ruck die Tür auf.

Ein ohrenbetäubendes Schellen ließ sie zusammenfahren. Es klang wie ein überdimensionaler Wecker und kam direkt aus Dick Perrys Zimmer. Vor Schreck hatte Justus die Tüten fallen lassen und Bündel von Geld bedeckten plötzlich den fleckigen Teppichboden.

»Hört sich an wie eine verdammte Pausenglocke«, sagte Bob, während er sich bückte, um Justus beim Einsammeln des Geldes zu helfen. Das Schellen im Nachbarzimmer erstarb. Auch das Schnarchen hatte aufgehört, dafür waren jetzt Dick Perrys trippelnde Schritte zu hören. »War das ein Zufall?«, fragte Peter und sah nach draußen. Die kühle Luft des Morgens drang herein.

»Nein, bestimmt nicht!« Enttäuscht über den misslungenen Fluchtversuch suchte Justus die letzten Geldbündel zusammen. »Es muss irgendeine verdammte Dick-Perry-Konstruktion gewesen sein.«

»Das gibt es doch nicht!« Peter, der vor die Tür getreten war, zog eine dünne Schnur durch seine Finger, die außen an der Wand entlang lief und durch das nur halb geschlossene Schiebefenster in Dick Perrys Zimmer verschwand. »Der Kerl hat uns als Wecker benutzt«, stellte er verblüfft fest. »Als wir die Tür geöffnet haben, haben wir den Mechanismus ausgelöst!« In dem Moment wurde Perrys Fenster ganz hochgeschoben und das Gesicht des kleinen Detektivs aus Santa Monica erschien. Im schwachen Licht, das die an der Außenwand angebrachten Glühbirnen verbreiteten, wirkte er ziemlich zerknittert. »Ihr hättet mir durchaus eine Runde mehr Schlaf gönnen können, meine Freunde! Aber gut. Auch am frühen Morgen hilft euch Dick Perry bei Kummer und Sorgen!«

Enttäuscht stiegen die drei ??? in ihr Auto. Bereits wenige Augenblicke später schmiss Dick Perry sein kleines Gepäckbündel in den Ford. Bob zuckte mit den Schultern, drehte den Zündschlüssel um und gab Gas.
Durch den frühen Aufbruch lagen die drei ??? gut in der Zeit. Bereits am Vormittag erreichten sie Las Vegas, in dessen dichtem Autoverkehr sie ein weiteres Mal versuchten, Dick Perry abzuhängen. Doch als sie die Spielerstadt auf dem Highway 15 in Richtung St. George verließen, tauchte der Ford wieder in ihrem Rückspiegel auf.
»Der Kerl muss uns gestern Nacht einen Peilsender unter das Auto geklebt haben«, vermutete Justus. »Wenn wir einen geeigneten Moment erwischen, suchen wir das Teil und klemmen es einfach unter einen anderen Wagen.« Doch zunächst gab es keine passende Gelegenheit. Sie rollten an St. George vorbei, was Justus daran erinnerte, sich endlich bei O'Sullivan per Handy zu melden. Der Filmproduzent hob sofort ab. Er klang aufgeregt, beruhigte sich aber, als Justus ihm versicherte, es liefe alles nach Plan. Von Dick Perry erzählte der Erste Detektiv lieber nichts. Dieses Problem mussten sie selbst lösen.
Mittlerweile war es Mittag geworden und Peter, der inzwischen den Wagen steuerte, bog auf die Straße nach Rockville ab. In der Nähe eines Campingplatzes entdeckten sie eine Snack-Bar und machten Pause. Während Justus, Peter und Bob unter der Schatten spendenden Markise Platz nahmen, blieb Dick Perry in seinem Auto und schmorte in der Hitze.

Bald war der größte Hunger gestillt und die bevorstehende Aufgabe bestimmte wieder die Gedanken der Jungen. Den Zion Park hatten sie so gut wie erreicht. Nun galt es, die Örtlichkeiten genau zu erkunden. Bob hatte eine Landkarte des Parks besorgt und faltete sie auseinander. »Da ist der Straßentunnel, der auf dem Foto abgebildet ist«, sagte er. Sein Finger fuhr auf der Karte entlang. »Direkt an seinem Ende gibt es einen kleinen Parkplatz. Etwa dort beginnt der Wanderweg, der zu der Schlucht führen muss, die auf dem dritten Foto abgebildet ist!«
»Und irgendwo an dem Weg scheint der Hang zu liegen. Der Hang mit den Felsen und dem eingezeichneten Kreuz!« Justus beugte sich nach vorne und sprach leiser. »Aber bevor wir das Geld übergeben, müssen wir Dick Perry loswerden. Der Kerl vermasselt uns sonst noch die Tour! – Mein Plan ist folgender: Wir halten nur kurz am Parkplatz. Dort setzen wir dich ab, Peter, mit den beiden Papiertüten. Bob und ich fahren einige Kurven weiter. Wir parken, ich steige mit dem Geld aus, gehe zurück und suche den Übergabeort. Bob folgt mir in genügendem Abstand, um alles zu überwachen. Ein paar hundert Meter sollten es schon sein …«
»Ich verstehe gar nichts«, unterbrach Peter. »Ich denke, ich habe das Geld?«
»Nein, in den Papiertüten werden sich zu dem Zeitpunkt nur ein paar T-Shirts von uns befinden!« Justus grinste ihn an. »Deine Aufgabe wird es sein, Dick Perry abzulenken und ihn in irgendeine Richtung zu locken. Egal welche, so lange sie nur nichts mit dem richtigen Ziel zu tun hat!«
Beim Stichwort Dick Perry blickten sie unwillkürlich auf. Der nahm gerade einen kräftigen Schluck aus einer Plastikflasche.
»Dann überbringst tatsächlich du das Geld?«, fragte Peter.

»Genau!«
»Fast schade, dass wir die Million bald los sein werden …«
»Peter!«
»Ich … ich meine ja nur.« Peter grinste.
Justus hielt es für das Beste, zu seinem Plan zurückzukehren. »In dem Shop auf dem Campingplatz besorgen wir uns zwei einfache Rucksäcke. Dort hinein packen wir während der Fahrt das Lösegeld, und in die Tüten stopfen wir ein paar Klamotten. Perry wird dich verfolgen, Peter. Kein schlechter Plan, oder?«
Peter schien sich mit dem Gedanken anzufreunden. »Es wird mir eine Freude sein, Perry in die Wildnis zu führen. Durch Hecken und Dornen … sein Anzug wird nur noch ein einziger Fetzen sein … Aber wie kommen wir an die Rucksäcke, ohne dass er den Braten gleich riecht?«
Justus lachte. »Wir sind zu dritt, Peter. Setzen wir ihn ein wenig unter Druck. Pass auf …«

Nachdem Justus seine Idee erklärt hatte, bezahlten sie die Rechnung und verließen die Bar. Bob und Justus stiegen in den Wagen, während sich Peter nur seine Jacke herausnahm und dann gemächlich auf Dick Perrys Ford zuschlenderte. Der dicke Detektiv hatte das Fenster heruntergekurbelt und stierte ihm skeptisch entgegen.
»Hallo, Mr Perry«, sagte Peter leichthin, »keine Lust gehabt auf ein Erfrischungsgetränk? War eine nette Runde dort, und so schattig …«
»Du bist doch nicht gekommen, um dich mit mir über Drinks zu unterhalten«, knurrte Perry. Sein Blick war nun auf das Auto der drei ??? geheftet.
»Warum verfolgen Sie uns eigentlich, Dick?«
»Weil ihr Grünschnäbel viel zu dumm seid für so einen Haufen Geld! In was für einer Geschichte steckt ihr da bloß drin?«

Für einen Moment verschlug es Peter die Sprache. »Sie wissen … von dem Geld?«
»Dick Perry ist doch nicht blöd, mein Junge! Und ich bin bestimmt nicht der einzige, der davon weiß. So dämlich, wie ihr mit den Dollars umgeht! Ist euch beim Burgeressen dieser Typ mit der Strickmütze aufgefallen? Wie viel ist es denn? Eine halbe Million? Eine?« Perrys Hände umklammerten das Lenkrad. Sein Blick ging immer noch geradeaus.
»Sie sind scharf auf das Geld!«, stieß Peter hervor.
In dem Moment startete Bob das Auto. Er ließ die Steine unter den Rädern spritzen und brauste davon. Dick Perry warf den Motor an und setzte ohne ein weiteres Wort hinterher. Peter blieb zurück, umgeben von einer Wolke Staub und erschrocken durch das, was Dick Perry eben gesagt hatte. Dieser klebrige Detektiv wusste, was sie da mit sich führten! Und womöglich wussten es noch mehr Menschen! Schließlich hatte das Geld bündelweise auf dem Fußboden des Restaurants gelegen! Doch dann besann sich Peter seines Auftrags. Er spuckte den Sand aus und wechselte auf die andere Straßenseite, an der wenige hundert Meter entfernt der Campingplatz mit dem kleinen Shop lag.
Wie verabredet kamen Bob und Justus zehn Minuten später angebraust und luden ihn wieder ein.
»Dick Perry weiß von dem Geld!«, sprudelte Peter los, kaum dass er wieder im Auto saß. »Ganz unbemerkt ist der Zwischenfall im Restaurant also doch nicht geblieben!«
»Umso wichtiger, dass wir den Kerl rechtzeitig loswerden«, stellte Justus fest.
Nach wenigen Meilen erreichten sie den Einlass des Parks. Bob bezahlte den Eintritt und buchte auch die Tunneldurchfahrt. Die Rangerin drückte ihm einiges an Informationsmaterial über den Park in die Hand, dann rollte Bob weiter. Der Detek-

tiv aus Santa Monica folgte ihnen wie auf dem Fuß.
»Was lassen wir uns einfallen, wenn sich Dick Perry nicht an Peter hängt, sondern an uns?«, fragte Bob, als er am Besuchercenter des Parks vorbeifuhr.
»Wird er nicht. Nicht, wenn Peter die Papiertüten hat«, versicherte Justus. Doch in seiner Stimme schwang eine Spur Unsicherheit: Dick Perry hatte sie schon oft überrascht. Es wurde Zeit, das Ablenkungsmanöver vorzubereiten. Justus drehte sich zur Rückbank um. »Fangen wir an. Pack die Taschen um, Peter!«
Der Zweite Detektiv rollte folgsam die einfachen Rucksäcke auseinander, die er am Campingplatz erstanden hatte, und begann, die Geldbündel umzuschichten. Es war nicht ganz einfach, da der Straßenverlauf immer kurviger wurde. Doch als sie an die Einfahrt des Tunnels kamen, war alles erledigt.
Da der Tunnel nur einspurig benutzt werden konnte, mussten sie eine Weile warten. Justus nutzte die Pause, um Jelena anzurufen, die Freundin, der er eine Kopie des Bildes der Geige gegeben hatte. Doch sie hatte noch nichts über die Versteigerung der Geige und eventuelle Mitbieter herausgefunden. »Am Memorial Wochenende ist einfach niemand zu erreichen!«
Justus verabschiedete sich enttäuscht. Sein Blick fiel auf Dick Perry, der inzwischen seinen Wagen verlassen hatte, munter mit einigen Kindern plauderte und so tat, als würde er sich ungeheuer für den Anblick der steilen Berge interessieren.
Schließlich gab die Frau, die den Verkehr regelte, die Fahrt frei. Bob ließ den Wagen an und schaltete die Automatik auf Fahrposition. Mit einem dumpfen Gefühl im Bauch rollte er in die dunkle Tunnelöffnung. Die ständige Anwesenheit von Dick Perry störte ihn. Sie lenkte von ihrer eigentlichen gefährlichen Aufgabe ab, dem Tausch des Geldes gegen die Geige. Und wenn man sich zu sehr ablenken ließ, das wusste er aus langer Erfahrung, dann passierten Fehler.

Justus kommt ins Schwitzen

Während der Fahrt durch den Tunnel nahm Bob das Tempo zurück und vergrößerte so den Abstand zu seinem Vordermann. Er benötigte diesen Platz für das nächste Manöver. Denn kurz vor der Ausfahrt beschleunigte er scharf. Dick Perry sollte argwöhnen, dass sie etwas im Schilde führten. Als sie den Tunnel verließen und wieder vom gleißend hellen Licht empfangen wurden, hatten sie wie erhofft einigen Vorsprung zu Perry, der zu spät reagiert hatte. Bob entdeckte die Einfahrt zum Parkplatz und lenkte so scharf, dass die Reifen quietschten. Dann stieg er voll auf die Bremsen. Bewaffnet mit den Papiertüten sprang Peter aus dem Wagen. Ein Hauch von Kino lag über der Szene und einige Touristen schüttelten verständnislos die Köpfe. In dem Moment, als Dick Perry aus dem Tunnel auftauchte, gab Bob wieder Gas. Das alles hatte nur wenige Sekunden gedauert, aber Perry musste die Aktion gerade noch mitbekommen haben. Im Rückspiegel beobachtete Bob, wie ihr Verfolger abbremste, kurz zögerte und dann auf den Parkplatz abbog, den Peter soeben im Laufschritt überquerte. Bob entspannte sich und grinste Justus an, der ebenso erleichtert wirkte. Der erste Teil ihres Plans hatte schon mal geklappt. Nach zwei, drei Kurven waren sie außer Sicht, so dass Bob den Wagen auf dem sandigen Seitenstreifen abstellen konnte.
»Dick Perry sind wir los«, sagte er zu Justus. »Jetzt kommt es drauf an. Bist du bereit?«
Justus nickte und checkte sein Gepäck. Er war die Ruhe selbst. »Die beiden Rucksäcke mit dem Geld, eine Wasserflasche, das Blatt mit den Fotos, die kleine Kamera …«
»Du hast eine Kamera eingepackt?«
»Vielleicht gelingt es mir, ein Foto von dem Erpresser zu ma-

chen«, erläuterte Justus. »Denn genau in dem Moment, in dem ich die Geige in den Händen halten werde, wird unsere Jagd auf den Täter beginnen!«

»Justus, wir sollten kein Risiko ...«

»Ich werde schon aufpassen, Bob. Die Geige zu sichern geht vor, daran brauchst du mich nicht zu erinnern. Und komm mir bei der Verfolgung nicht so nahe, dass der Entführer Verdacht schöpft!«

Justus stieg aus und hängte sich den einen Rucksack über die rechte, den anderen über die linke Schulter. »Wenn du mich nachher wiedersiehst, dann spiele ich dir auf der Geige ein kleines Solo vor!« Er warf Bob einen letzten Blick zu und lief los. Bob grinste. »Lass die Drohungen!« Mit einer Mischung aus Angst und Bewunderung sah er seinem Freund hinterher. Wenn es darauf ankam, zeigte der Erste Detektiv wirklich Nervenstärke.

Bedächtig schritt Justus die Straße zurück. Der Entführer hatte keinen festen Zeitpunkt angegeben, also hatte er Zeit genug. Vermutlich saß der Täter an einer strategisch günstigen Stelle, von der aus er die Gegend und vor allem den Übergabeort genau beobachten konnte. Doch bis zu diesem Punkt war es ein noch etwa zwanzigminütiger Weg. Die Rucksäcke hingen locker über Justus' Schultern und der Erste Detektiv tat sein Möglichstes, äußerlich gelassen zu wirken. Nach wenigen Minuten erreichte er das Ende einer Autoschlange. Es waren die Fahrzeuge, die auf die Rückfahrt durch den Tunnel warteten. Auf der anderen Seite der Straße lag der kleine Parkplatz. Von Dick Perry war nichts zu sehen. Justus musste lächeln, als er sich vorstellte, wie sich der dicke Detektiv fluchend und schwitzend auf einem sinnlosen Zickzackkurs den Weg durch die Felsen bahnte ... Gerade als er seinen Blick wieder nach vorne wenden wollte, fiel ihm eine rasche Bewegung auf. Ein Mann auf dem Parkplatz war schnell hinter einem Wohnmobil verschwunden. Täuschte sich Justus, oder hatte der Mann wie Hendry ausgesehen, der Diener O'Sullivans? Ohne lange zu überlegen, lief Justus los, an den wartenden Autos vorbei, auf den Parkplatz. Heftig atmend erreichte er den Wohnwagen. Vorsichtig schlich er um ihn herum. Doch da war niemand. Aus dem Inneren des Wagens drangen Kinderstimmen. Das passte nicht zusammen. Hatte er sich getäuscht? Justus besann sich wieder seines Auftrags. Er durfte sich jetzt nicht ablenken lassen. Nachdenklich verließ er den Parkplatz und wechselte die Straßenseite.

Ein kleines Schild wies Justus zu dem gesuchten Pfad. Justus blickte sich noch einmal um und machte sich an den leichten Anstieg. Eine Familie kam ihm entgegen, kurz darauf traf er auf ein älteres Ehepaar, und Justus wunderte sich, dass der Entführer zur Übergabe einen so gut besuchten Ort ausgesucht hatte. Vielleicht hatte es für ihn den Vorteil, leichter zwischen den Touristen verschwinden zu können? Obwohl sich der Erste Detektiv nach außen hin unbeteiligt gab, arbeiteten seine Sinne auf Hochtouren. Ständig suchte er mit den Augen die Gegend nach Auffälligkeiten ab. Er achtete auf jedes Geräusch. Er roch die Gefahr.

Nach einer Weile erreichte Justus das Ende des Weges: einen Aussichtspunkt in den Canyon des Parks, dessen Schönheit er leider nicht genießen konnte. Trotzdem trat er an den Zaun, um einen Blick hinunterzuwerfen. Er wollte nicht auffallen und so lange wie möglich seine Tarnung als Tourist aufrecht erhalten.

Dann drehte sich Justus unauffällig um und sah den Abhang hinauf, an dessen Ende sich die vier Felsen erhoben, die auf dem Foto des Entführers abgebildet waren. Am spitzesten Fel-

sen hatte der Erpresser das Kreuz eingezeichnet. Keine Frage, diesen Hang musste Justus hochsteigen. Erbarmungslos brannte die Sonne vom Himmel. Justus wand sich: Die Rucksäcke zogen schwer an seinen Schultern und das schweißnasse T-Shirt klebte wie eine zweite Haut an seinem Rücken. Für Peter wäre der Aufstieg weniger anstrengend gewesen. Doch er, Justus Jonas, war der Erste Detektiv. Diese Aufgabe musste er übernehmen. Es durfte nichts schief gehen. Eine Million Dollar standen auf dem Spiel und eine noch wertvollere Geige. Und außerdem: War Peter im entscheidenden Moment wirklich zu trauen? Sofort schämte sich Justus für diesen Gedanken. Doch das Gespräch zwischen ihnen zu Beginn der Fahrt hatte Justus misstrauisch gemacht. Peter hatte sich verführbar gezeigt. Wie er das Geld gestreichelt hatte! Wie seine Augen geleuchtet hatten! Wie locker er mit der Idee gespielt hatte, mit dem Geld zu verschwinden ... Angewidert vom eigenen Argwohn schüttelte Justus seine Gedanken ab. Jetzt hieß es handeln. Er ging zwischen zwei Büschen hindurch und kletterte los. Niemand beachtete ihn.
Die Oberfläche der Felsen war glatt und gut zu besteigen, doch ab und zu waren ihm Felsspalten im Weg. Nach wenigen Minuten fühlte er sich allein. Hierher verlief sich niemand mehr. Er war für sich – bis auf den unsichtbaren Beobachter, den Entführer, der irgendwo auf ihn wartete. Justus blieb stehen und visierte den Felsen an. Bewegte sich dort oben etwas? Oder war es nur das Flimmern der Hitze? Mit jedem Schritt wurde es ihm gleichgültiger. Es war so anstrengend. Er wollte diesen schrecklichen Aufstieg einfach nur noch hinter sich bringen.
Schier endlose Minuten waren vergangen, bis sich Justus auf die Anhöhe geschleppt hatte. Ein einziger Gedanke rotierte durch sein Gehirn: Der Erpresser wollte es so. Er wollte, dass der Überbringer des Geldes müde war, wenn er auf den Ent-

führer traf. Dieser Kerl ging wirklich auf Nummer sicher! Und er war da! Irgendwo. Und sah ihm zu.
Jetzt hatte Justus den ersten der Felsen erreicht. Bis zu der eingezeichneten Stelle war es nicht mehr weit. Justus holte seine Wasserflasche hervor und trank mehrere Schlucke. Der Aufstieg hatte ihn viel Flüssigkeit gekostet. Ganz unten, am Aussichtspunkt in die Schlucht, meinte er, Bob zu erkennen, der mit einem Fernglas vom Zaun aus in die Tiefe blickte. Justus wandte den Blick wieder ab und holte aus einem der Rucksäcke das Foto der Geige heraus, das O'Sullivan ihm mitgegeben hatte. Zum x-ten Mal prägte er sich die Eigenheiten der Geige ein, als hinter ihm plötzlich ein lautes Flattern ertönte. Wie der Blitz fuhr er herum. Wie konnte er sich nur so überraschen lassen! Doch er hatte nur einen großen Vogel aufgeschreckt.
»Hallo?«, rief Justus, als er sich wieder beruhigt hatte. »Ist da jemand?«
Er hörte den Wind. Und die Vögel, die ihn aus sicherer Entfernung aus der Luft scheinbar wütend ankrächzten.
»Ich … ich habe die Ware dabei!«
Keine Antwort.
Justus beschloss, näher an den markierten Felsen zu gehen. Obwohl das Kreuz die Vorderseite des Felsen markierte, lief er zunächst vorsichtig um den steinernen Block herum. Er wollte in keine Falle gehen.
»Hallo!«
Doch da war niemand.
Wo steckte der Entführer? Justus blickte sich lange um. Erst als er sicher war, dass zumindest in der unmittelbaren Nähe alles unverdächtig war, lief er zu dem Platz, den das Kreuz auf dem Foto markierte. Es bezeichnete eine Stelle am Fuß des Felsens, an dem einige schwere Steinbrocken herumlagen. Aber was sollte er hier finden?

Justus legte die Rucksäcke vor sich ab und wartete. Als minutenlang nichts geschah, rückte er den erstbesten Stein zur Seite. Doch darunter befand sich nichts als ein Gemisch aus Erde und Steinen. Dann nahm sich Justus den nächsten Brocken vor. Und den nächsten. Und so fort. Es war eine Arbeit, die er sofort abgrundtief hasste. Als er sich zum Luftholen aufrichten wollte, sah er ein paar Meter abseits des Felsens etwas Rötliches unter einem Felsbrocken hervorschimmern. Warum war ihm das nicht gleich aufgefallen?! Jemand hatte hier Farbe aufgemalt! Mit wenig Mühe schob Justus den Schotter zur Seite. Zum Vorschein kam etwas Rundes – das runde Ende von etwas, das im Boden steckte und das aussah … wie das Ende eines schwarzen Geigenkastens! Auf den jemand ein rotes Kreuz gemalt hatte, genau wie auf dem Foto! Aufgeregt schnappte sich Justus einen flachen Stein, den er zum Graben benutzen konnte, und legte den Kasten vollkommen frei. Er konnte sein Glück kaum glauben. War es so einfach? Hatte der Erpresser die Guarneri-Geige hier einfach in Schotter und Erde eingegraben? Aber dann konnte er das viele Geld ja wieder mitnehmen … Das Geld! Er hatte sich ablenken lassen! Justus warf einen hastigen Blick zur Seite und atmete erleichtert aus. Die Rucksäcke standen nach wie vor an ihrem Platz. Justus wandte sich wieder dem Geigenkasten zu und zog ihn vorsichtig aus dem Boden. Ganz sachte legte er ihn vor sich hin. Mit den Fingern säuberte er notdürftig die beiden Schlösser und betätigte sie dann. Die Scharniere sprangen auf.
Mit zitternden Händen klappte Justus den Deckel hoch.

Komm um Mitternacht!

Bob hatte sich möglichst lange als interessierter Tourist ausgegeben, doch nun war ihm jede Tarnung egal. Während die anderen Besucher ihre Blicke durch die Schlucht streifen ließen, war Bob etwas zur Seite getreten und hatte sein Fernglas ununterbrochen auf den Hang gerichtet. Justus musste dort oben irgendetwas gefunden haben. Jedenfalls kniete er am Boden und untersuchte etwas. Doch Bob konnte beim besten Willen nicht erkennen, worum es sich dabei handelte. Dann richtete sich Justus plötzlich auf. In der Hand hielt er einen länglichen schwarzen Kasten, der aussah – Bob verlor vor Aufregung Justus kurz aus dem Blick – wie ein Geigenkasten! Doch warum hob er jetzt die Rucksäcke auf, in denen sich immer noch das Geld befand? Und wo war der Entführer? Oder hatte Bob etwas nicht mitbekommen? Jetzt kam Justus den Hang heruntergeklettert, die Rucksäcke immer noch auf den Schultern und den Kasten in der Hand. Ab und zu blieb er stehen und sah sich um. Das erinnerte Bob an seinen eigentlichen Auftrag und er suchte mit dem Fernglas flüchtig die nähere Umgebung von Justus ab, allerdings ohne etwas Verdächtiges zu entdecken. Dann heftete er seinen Blick wieder auf den korpulenten Ersten Detektiv, der bei seinem Körpergewicht einige Mühe hatte, seine Schritte abzufedern. Nach einer Weile hielt Justus an und gönnte sich einen Schluck aus seiner Wasserflasche. Nur schwer konnte Bob dem Drang widerstehen, seinem Freund entgegenzulaufen. Doch er wollte keinen Fehler machen. Wirkte Justus fröhlich? Ärgerlich? Ängstlich? Besiegt oder als Sieger? Es war von unten nicht auszumachen.

»Sie schauen sich die Vögel an?«

Bob zuckte zusammen. Ein Mann war neben ihn getreten, etwa sechzigjährig, mit einer altmodischen Silberrandbrille.
»Ja, äh, nein …« Der Mann hatte Bob auf dem falschen Fuß erwischt. War er der Entführer? Die Ausrüstung ließ eher auf einen Vogelbeobachter schließen, und in dem Gesicht des Mannes lag kein Argwohn.
»Ich verstehe nicht. Bin Deutscher«, murmelte Bob schnell, nickte zum Gruß und ging eilig zurück zum Aussichtspunkt, von dem aus man in die Schlucht schauen konnte. Achselzuckend wandte sich der Mann ab.
Bob wartete. Nach langen Minuten hatte Justus endlich die Plattform erreicht. Bob trat einen kleinen Schritt auf ihn zu, doch Justus ließ seinen Blick ausdruckslos über ihn hinwegstreifen. Mit einem kurzen Nicken deutete er an, dass sie sich auf den Weg in Richtung Auto machen sollten. Bob verstand: Justus vermutete, dass der Entführer in der Nähe war und wollte den Eindruck, er sei allein unterwegs, noch nicht zerstören. Also ließ Bob Justus genügend Abstand, bevor er sich selbst auf den Weg machte. Während er langsam an den Felsen entlang lief, füllte sich sein Kopf mit immer mehr Fragezeichen. Was war mit Justus los? Die spannendste Frage aller Fragen war: Hatte Justus die Geige?

Doch Bob musste sich noch eine Weile gedulden. Als er das Auto erreichte, war Justus in eine heftige Diskussion mit Dick Perry verstrickt. Der Kopf des kleinen Detektivs aus Santa Monica glühte wie Lava und sein Hemd pappte schweißnass über dem rundlichen Bauch. Peter stand neben den beiden, verdrehte genervt die Augen und sagte kein Wort.
»Kümmern Sie sich um Ihre eigenen Probleme, Mr Perry!«, rief Justus gerade aus. »Oder warten in Santa Monica keine Kunden mehr auf Sie? Dann machen Sie doch etwas Werbung!

Werfen Sie Flugblätter in die Briefkästen oder erfinden Sie einen neuen Geschäftsslogan! Aber lassen Sie bitte die drei ??? in Ruhe!«

»Nicht, wenn Grünschnäbel wie ihr mit so viel Geld unterwegs sind und mir nicht sagen wollen, um was es geht. Ihr braucht eindeutig den Schutz eines erfahrenen Detektivs!« Er deutete auf Justus' Rucksäcke. »Da beulen sich die Geldbündel ja so durch, dass jeder Gangster nervöse Zuckungen bekommt!«

»Am liebsten würden Sie sich doch selbst bedienen, Mr Perry! Ihr Budget scheint zur Zeit sehr knapp zu sein. Fehlen etwa die Aufträge?«

Dick Perry lächelte dünn. »Wenn ich die Lage recht beurteile, hätte euer Auftraggeber lieber mich als euch engagieren sollen. Schon verdammt peinlich, wie Peter durch die Gegend irrt! Nun, vielleicht wird sich noch eine Gelegenheit ergeben, in der ich mein Können unter Beweis stellen kann!«

»Die Gelegenheit ergibt sich gerade«, sagte Justus kühl. »Bitte lassen Sie uns doch einmal an Ihrem Können des Verschwindens teilhaben!«

»Wie ihr wollt! Grünschnäbel!« Dick Perry spuckte verächtlich aus, und griff in seine Hemdtasche. »Hier, das hast du verloren, du Vollprofi!« Es war das Foto der Geige. Auf dem Rückweg musste es Justus aus der Tasche gerutscht sein. Der Erste Detektiv lief knallrot an.

Dick Perry machte auf dem Absatz kehrt und wippte die Straße hinunter, zurück zu seinem Auto.

Kaum war er verschwunden, setzten sich die drei ??? auf die Rückbank des Autos. Den immer noch bestürzten Justus nahmen sie in ihre Mitte.

»Hast du die Geige?«, fragte Bob. Er konnte es kaum erwarten, und außerdem wollte er schnell über Justus' Nachlässigkeit hinweggehen. Es war seinem Freund auch so schon peinlich genug.

Justus legte den Geigenkoffer auf seine Knie und wurde langsam wieder der alte. »Das Leben ist leider kein Wunschkonzert, Kollegen«, sagte er mit fester Stimme, betätigte die Schlösser und klappte den Deckel hoch. Peter und Bob sahen sich verblüfft an. Es lag keine Geige im Koffer. Es lag überhaupt nichts darin. Bis auf ein zusammengerolltes Blatt Papier, ähnlich dem, welches der Entführer Mr O'Sullivan zugespielt hatte.
Enttäuscht lasen die drei ???, was der Dieb dieses Mal geschrieben hatte:

GRATULATION!
KOMM UM MITTERNACHT!

Mehr stand nicht auf dem Blatt. »Schaut, was auf der Rückseite ist!« Justus drehte das Papier um und die drei ??? sahen, dass dort wieder drei Fotos abgedruckt waren.
»Was soll das?«, fragte Bob.
»Dieser erste Treffpunkt war nur ein Test«, antwortete Justus. »Der Täter wollte prüfen, ob O'Sullivan sich an die Bedingungen hält. Wahrscheinlich hat er mich die ganze Zeit beobachtet. Die Geige wird erst heute um Mitternacht übergeben.«
»Und zwar im Antelope Canyon«, sagte Peter mit einem Blick auf die Fotos. »Ich kenne den Ort. Ich war schon einmal mit meinen Eltern da. Ein Slot-Canyon, ganz schmal, manchmal gerade einen Meter breit. Durch die Öffnung oben kann an bestimmten Stellen Sonnenlicht einfallen. Wie hier auf dem dritten Bild!« Peter deutete auf das Papier. Auf dem Bild waren die sanften Rot- und Brauntöne der weich geschliffenen Felsen zu sehen, die zwischen sich nur einen schmalen Pfad freiließen. Von oben herab warf die Sonne einen dünnen Strahl und markierte damit einen Punkt auf dem sandigen Boden, an dem wieder ein rotes Kreuz eingezeichnet war.

»Nur dass die Sonne um Mitternacht nicht scheint«, bemerkte Bob. »Zumindest nicht bei uns.«
»Dieses Rätsel werden wir erst vor Ort lösen können«, sagte Justus nachdenklich. »Und wo befindet sich dieser Antelope Canyon?«
»Bei Page«, antwortete Peter. »Arizona. In dem Gebiet, das von den Navajo-Indianern verwaltet wird. Wir werden ein paar Stunden brauchen, bis wir da sind.«
»Dann lasst uns keine Zeit verlieren! Es wäre gut, wenn wir nicht auf den letzten Drücker kommen.«
Peter setzte sich hinter das Steuer und fuhr los, während Justus und Bob das Blatt und den Geigenkasten noch einmal genau nach Auffälligkeiten untersuchten. Allerdings ohne Ergebnis. Als er eine gute Handy-Verbindung hatte, informierte Justus O'Sullivan. Der Filmproduzent klang sehr enttäuscht. Eine solche Entwicklung des Falls hatte er wohl nicht erwartet. Aber ihm war klar, dass er keine andere Wahl hatte, als weiter abzuwarten. »Ich danke euch erst einmal und bitte euch sehr, auch den zweiten Versuch zu wagen!«
»Die drei ??? lassen Sie nicht im Stich«, versprach Justus.
»Gut. Ich werde euch folgen und mir ein Hotel in Page suchen.«
»Wo befindet sich eigentlich Ihr Diener, Mr O'Sullivan?«
»Zuhause, nehme ich an, warum?«
»Nur eine Routinefrage. Wir melden uns wieder, Mr O'Sullivan!« Justus unterbrach die Verbindung und steckte das Handy weg. »Mir war so, als hätte ich Hendry auf dem Parkplatz bei dem Tunnel gesehen«, sagte er. »Ich habe es O'Sullivan lieber nicht erzählt. Ist euch etwas aufgefallen?«
»Nichts«, sagte Bob, und Peter schüttelte den Kopf.
»Vielleicht habe ich mich auch getäuscht.« Justus drehte sich um und sah durch das Rückfenster. Sie hatten kein Auto hinter

sich. »Wie ist es dir eigentlich mit Dick Perry ergangen?«, wollte er von Peter wissen.
Peter grinste Justus im Rückspiegel an. »Frag lieber, wie es ihm mit mir ergangen ist. Er hat sein Jahresprogramm für übergewichtige Detektive an einem Tag absolviert und bestimmt mehrere Kilo abgenommen …« Peter unterbrach sich, als ihm bewusst wurde, dass ja auch Justus nicht gerade schlank war.
»Ich habe heute ebenfalls mein Jahresprogramm für übergewichtige Detektive überstanden«, verkündete Justus auch schon ungeniert. »Allerdings nicht so vergebens wie Dick Perry.«
»Dann lass mich doch den nächsten Geld-Botengang übernehmen!«, schlug Peter vor.
Da war er wieder, dieser kleine, leise, schleichende Verdacht. Erneut versuchte Justus, den absurden Gedanken, Peter könne sich des Geldes bemächtigen wollen, aus seinem Gehirn zu löschen.
»Ich werde mit dem Geld schon nicht verschwinden!«, fügte Peter hinzu, als hätte er Justus' Gedanken gelesen.
»Seit wann meldest du dich freiwillig für gefährliche Aufgaben?«, fragte Justus.
Peter schwieg.
Sie erreichten eine weite Ebene. Von dort aus lief die Straße wie mit dem Lineal gezogen durch die Halbwüste. Ab und zu überquerte sie eine sanfte Anhöhe.
»Dick Perry verfolgt uns«, sagte Peter. »Relativ weit hinten, aber ich denke, dass er es ist.«
Justus ließ sich nicht ablenken. »Du kannst den Boten-Job nicht übernehmen, Peter!«
»Wahrscheinlich hat uns Dicky doch ein Peilgerät unter die Kühlerhaube geklebt«, sagte Peter statt einer Entgegnung.
»Der Entführer hat mich vorhin gesehen, Peter. Er erwartet mich«, beharrte Justus.

»Im Canyon ist es dunkel. Ich bezweifle, dass dich jemand erkennen kann.«
»Peter, dafür haben die Menschen Taschenlampen erfunden!«
»Das sind so Dinger, mit denen man sich bei Dunkelheit ins Gesicht leuchten kann, Peter«, meldete sich Bob von hinten. »Ich schlage vor, wir beenden das Thema.«
Peter schwieg. Nur an seiner herausfordernden Fahrweise merkte man, dass er sauer war. Ohne anzuhalten überquerten sie den Colorado auf der Navajobridge. Sie passierten mehrere seitlich an der Straße aufgebaute Verkaufsstände der Indianer, nahmen die Steigung hoch zu einem Bergrücken und schossen auf der anderen Seite die gerade Straße hinunter. Als sie die ersten Häuser von Page erreichten, war es bereits dunkel. Inzwischen machte sich bemerkbar, dass sie den ganzen Tag fast nichts gegessen hatten, und die drei ??? parkten vor einem Supermarkt, um sich mit Essen und Getränken einzudecken. Danach war das Auto dran und bekam eine neue Ladung Sprit verpasst. Zufrieden steckte Justus das Restgeld zurück in seine Brieftasche. »An das ungebundene Leben auf der Straße könnte man sich fast gewöhnen!«
Peter grinste.
Es war nicht mehr lange bis Mitternacht.

Canyon bei Nacht

Von Page aus waren es nur wenige Meilen zum Antelope Canyon, dem Ort, den der Entführer der Geige als Treffpunkt bestimmt hatte. Fast hätte Peter die kleine sandige Ausfahrt verpasst, die zu dem staubigen Parkplatz führte. Von dort aus starteten tagsüber die Jeeps mit den Touristen zum Canyon, der eine gute Meile abseits in der sandigen Wüste lag. Doch nun, nach Einbruch der Dunkelheit, war die Anlage zugesperrt und keine Menschenseele mehr vor Ort. Die drei ??? ließen das Fahrzeug vor der Schranke stehen und stiegen aus. Es war einsam, und der Wind pfiff ihnen den Sand um die Ohren. Etwas knatterte ohne Unterlass. Bob war das Geräusch unheimlich. Er schaltete seine Taschenlampe ein und sah, dass es eine Abdeckplane war, unter der die Besucher auf die nächste Fahrgelegenheit warten konnten. Plötzlich knirschten hinter ihnen Reifen auf den Steinen, ein weiteres Fahrzeug war abgebogen. Sie brauchten sich nicht umzudrehen, um zu wissen, dass ihr neuer Dauerschatten eingetroffen war. Der Schnüffler aus Santa Monica. Schon fuhr Dick Perry heran und kurbelte sein Seitenfenster herunter. »Wohl wieder so ein Trick von euch?«, fragte er. »Zwei Mal lasse ich mich nicht durch die Gegend jagen!«

»Eigentlich hatten wir heute Abend eine neue Trainingseinheit für Sie vorgesehen«, grinste Peter und tat ganz gelassen. Noch war Zeit. Zeit, Dick Perry loszuwerden. »Halten Sie sich bereit, Mr Perry! Wir werden eine kleine Nachtwanderung unternehmen!«

»Und mich in einen Hinterhalt locken, wie?«

»Hinterhalt?«, sagte Peter. »Wir heißen doch nicht … Perry …«

»Du gehst mir auf den Geist!« Dick Perry schaltete in den

Rückwärtsgang, stellte den Wagen gut fünfzig Meter weiter hinten ab und blieb im Auto sitzen. Er schien der Sache nicht recht zu trauen.

Die drei ??? packten alles zusammen, was sie vom Einkauf übrig hatten, und hockten sich unter die Abdeckplane. Während sie es sich noch einmal schmecken ließen, überlegten sie, wie sie weiter vorgehen sollten. Die Verfolgung durch Dick Perry hatte sie mürbe gemacht – mehr als sie wahrhaben wollten. Sie hatten sich jetzt eigentlich auf die Übergabe des Geldes zu konzentrieren und mussten sich statt dessen wieder mit diesem Kerl rumschlagen. Zu allem Unglück klingelte auch noch das Handy. Es war O'Sullivan, der es vor Neugier nicht mehr aushielt und wissen wollte, ob bei den drei ??? alles nach Plan lief.

»Klar«, bestätigte Justus und verschwieg ihr kleines Perry-Problem. »Ich melde mich nach Mitternacht bei Ihnen. Bitte versuchen Sie nicht, mich anzurufen. Das könnte gefährlich für mich werden.«

»Selbstverständlich«, sagte O'Sullivan. »Entschuldigung. Ich kann es nur kaum …«

»… erwarten. Ich weiß. Bitte verlassen Sie sich auf uns.« Justus unterbrach die Verbindung und wandte sich dem Zweiten Detektiv zu, der gerade vergeblich versuchte, sein Sandwich vor dem sandigen Wind zu schützen. »Peter, der Anruf kam gerade zur rechten Zeit. Wir sollten uns um unseren Auftrag kümmern. Du kennst dich doch hier aus: Wie kann ich zu diesem Canyon fahren?«

»Das Auto kannst du nicht benutzen – vergiss es, Just. Dazu brauchst du schon einen Jeep. Unsere Kiste würde sofort im Sand steckenbleiben. Du musst laufen, da hilft nichts.« Peter spuckte eine Ladung Sand aus und wies dann Justus die Richtung. »Das Ganze ist eine Art ausgetrockneter Flusslauf. Du musst dich immer nur in der Mitte halten. Irgendwann stößt du auf einen quer liegenden Höhenzug. Er wird vom Antelope Canyon durchbrochen. Den Eingang in den Canyon musst du wahrscheinlich eine Weile suchen. Er ist kaum ein paar Meter breit. Du wirst unsere beste Taschenlampe brauchen.«

Justus stöhnte. Durch den Sand wandern. Bei Sturm. Im Finstern. Der Entführer machte es ihm wirklich nicht einfach.

»Ich würde dir den Job ja gerne abnehmen ...«, begann Peter spitz – und augenblicklich war Justus wieder an Bord.

»Aber ich hätte wegen etwas anderem Sorge«, fügte Peter hinzu. »Antelope ist ein alter indianischer Canyon. Und man sagt, dass dort nachts Geister umgehen.«

»Das haben dir wohl damals deine Eltern erzählt, um dir Angst zu machen«, sagte Justus.

Peter zuckte mit den Schultern. »Ich weiß, dass du nicht an solche Dinge glaubst. Ich sag's ja nur.«

»Eine unumstößliche Tatsache hingegen ist die Anwesenheit von Dick Perry«, fuhr Bob dazwischen. Er hatte sich in der Zwischenzeit Gedanken um ihn gemacht und wollte seinen Plan endlich loswerden. »Was also unsere feiste Klette betrifft, schlage ich Folgendes vor: Wir verschwinden abwechselnd in die Dunkelheit, als ob wir pinkeln wollten. Erst Peter, dann ich, dann du. Peter nimmt heimlich einen Rucksack mit und deponiert ihn dort neben dem Busch.« Bob wies auf das Gestrüpp, von dem sich ein gerade noch erkennbarer schwarzer Schatten abhob. »Ich nehme das restliche Geld, und du, Justus, gehst ohne. Aber du kehrst nicht zurück. Bis Perry kapiert, dass du auf Tour gegangen bist, wirst du in der Nacht nicht mehr aufzuspüren sein. Und dann gibt es ja noch Peter und mich, um ihn aufzuhalten.«

»Du denkst doch nicht etwa an körperliche Gewalt?«, fragte Justus.

»Nur im Notfall fasse ich diesen Typen an«, versprach Peter.
Justus grinste. »Ein guter Plan. Ich denke, wir sollten anfangen. Ich werde eine Weile brauchen, bis ich den Canyon gefunden habe. Und vielleicht ist es von Vorteil, sich dort vorher noch etwas umzusehen!«
»Der Plan hat leider auch einen Nachteil«, sagte Bob. »Wir werden dich nicht begleiten können. Du wirst vollkommen auf dich allein gestellt sein.«
»Das bin ich gewohnt«, sagte Justus nur.
Sie machten es, wie Bob vorgeschlagen hatte. Nach gut einer halben Stunde verabschiedete sich Justus, nachdem seine Freunde die Rucksäcke mit dem Geld wenige Meter entfernt in der Dunkelheit deponiert hatten. Peter und Bob vermieden es, ihrem Freund nachzusehen und taten möglichst munter, wobei sie ständig das Auto von Dick Perry im Blick behielten. Hoffentlich fiel er auf ihren Trick herein.
Als Justus nach mehreren Minuten immer noch nicht aufgetaucht war, stieg der Detektiv aus Santa Monica aus seinem Wagen und watschelte zu Peter und Bob. »Dieses Mal soll ich wohl Justus verfolgen?«, fragte er und hockte sich ungebeten zu ihnen. »Wieder auf irgendwelchen sinnlosen Zickzackwegen? Damit ihr eure Ruhe vor mir habt! Darauf falle ich nicht mehr herein, Grünschnäbel!«
»Schade«, sagte Bob und grinste Peter an. »So was von schade!«

Justus hatte die beiden Rucksäcke schnell gefunden. Um Dick Perry nicht auf sich aufmerksam zu machen, verzichtete er zunächst darauf, seine Taschenlampe einzuschalten. Der Mond stand am Himmel, und obwohl seine Sichel sehr schmal war, reichte das Licht, um die Richtung zu halten. Aber es war ein beschwerlicher Weg. Das lag vor allem am sandigen Untergrund, auf dem man nur mühsam vorankam. Irgendwo musste

wieder der Entführer sitzen und ihn beobachten. Wahrscheinlich benutzte er dazu ein Nachtsichtgerät. Der Erpresser war ihm hoffnungslos überlegen. Er bestimmte die Orte, er bestimmte die Termine. Er hatte vermutlich eine gute technische Ausrüstung. Justus konnte allein auf die eigene Intelligenz setzen und darauf, dass man ihn gerne unterschätzte. Denn eins war Justus klar: Nachdem er das Geld gegen die Geige getauscht hatte, wollte er den Täter fangen. Wenn O'Sullivan erst einmal sein Instrument zurück hatte, würde er nichts dagegen haben. Und man jagte einen Justus Jonas nicht auf Berge und durch Sandwüsten, ohne dafür bestraft zu werden!
Am Stand der Sterne erkannte Justus, dass er eine Kurve gelaufen war. Man konnte ihn nun vom Ausgangsort aus wahrscheinlich nicht mehr sehen, da der aufgeworfene Rand des Flussbetts die Sicht versperrte. Doch Justus ließ die Taschenlampe weiter ausgeschaltet. Inzwischen hatten sich seine Augen an die Dunkelheit gewöhnt. Und vielleicht, so hoffte er, hatte ihn der Entführer noch nicht entdeckt, und die Überraschung lag auf seiner Seite.
Es dauerte noch eine ganze Weile, bis Justus den dunkel dahingeworfenen Höhenzug ausmachen konnte, den Peter beschrieben hatte. Es war vollkommen still, bis auf den Wind, der unaufhörlich blies. Justus verlangsamte das Tempo und schärfte seine Sinne. Ein schrecklicher Gedanke befiel ihn: Was, wenn der Entführer ihm einfach das Geld abnehmen würde, ohne die Geige einzutauschen? Justus war allein, im Zweifel hatte er keine Chance. Würde O'Sullivan ihm dann glauben? Oder würde er denken – ganz so wie Peter dahinfantasiert hatte – sie hätten das Geld insgeheim zur Seite geschafft?
Dann hieße es um so mehr, den Täter dingfest zu machen, um jeden Verdacht von sich zu weisen. Doch darüber konnte er sich Gedanken machen, wenn es so weit war. Noch immer hat-

te Justus den Eingang des Canyons nicht entdeckt. Er konnte sich denken, wie der Durchbruch entstanden sein musste: Das Wasser hatte ihn durch das Hindernis gegraben, das sich ihm in den Weg gestellt hatte. Wasser, Kälte und Hitze: das waren die Baumeister der landschaftlichen Wunder des Westens.
Jetzt war Justus ganz nahe an die Felsen herangekommen. Und da sah er ihn: einen tiefschwarzen Riss im Dunkel des Hangs, den Eingang zum Canyon. Justus kontrollierte die Uhrzeit. Noch zwanzig Minuten bis Mitternacht. Er hatte länger gebraucht als erwartet. Vorsichtig schritt Justus auf den schwarzen Spalt zu. Was nutzte das Zögern, er musste hinein. Bereits nach wenigen Metern umgab ihn völlige Finsternis. Der Durchlass zum Himmel war viel zu schmal, um etwas vom Licht der Sterne und des Mondes einfallen zu lassen. Als sich Justus zum zweiten Mal den Kopf an einem Felsvorsprung stieß, beschloss er, seine Taschenlampe einzuschalten. Auch wenn er dem Entführer damit das Zeichen gab: Der Bote war eingetroffen! Während Justus tiefer in den Canyon schritt, glitt das Licht der Lampe über die faszinierenden Rundungen des Gesteins. Doch jetzt hatte er keinen Sinn dafür.
Nach einer Weile blieb er stehen. Er hatte etwas gehört. Einen feinen Klang, der sich unter die Geräusche des Windes gemischt hatte. Oder doch nicht? Justus hörte genauer hin. Der Laut wurde intensiver, schwoll an. Unmöglich zu sagen, aus welcher Richtung er kam, er schien von allen Seiten zugleich zu schwingen. Es war der Ton – einer Geige! Das konnte nur eins bedeuten: Der Täter wusste, dass Justus gekommen war. Die Show begann!

Gruselparty

Gespannt war Justus stehen geblieben. Die Rucksäcke hatte er längst von den Schultern genommen. Mit den Händen hielt er sie fest umklammert. Die Geigenmusik irritierte ihn. Was sollte das? Was hatte der Entführer mit ihm vor?
Der Ton schwoll an, wurde wieder leiser, und plötzlich mischten sich Stimmen darunter. Kichernde, grässliche Stimmen, die lachten, die ihn auslachten, die von überall her zu kommen schienen. Justus leuchtete nach links, nach rechts, nach oben, doch er entdeckte niemanden, er war allein. Ein Licht blitzte auf, ein gutes Stück weit im Canyon entfernt, Justus sah nur den kurzen Widerschein, den die rotbraunen Felswände sanft reflektierten. Sein erster Impuls war wegzurennen, doch er riss sich zusammen und schritt langsam auf die Felsen zu, um zu sehen, was sich hinter ihnen verbarg. Mit jedem seiner Schritte schwoll das Gelächter an, als wollte es ihn warnen weiterzugehen, bis plötzlich direkt hinter ihm etwas aufsurrte. Justus drehte sich abrupt herum und starrte in eine grässliche Fratze, die ihn von schräg oben angrinste. Die indianischen Geister, die Peter erwähnt hatte, kamen ihm in den Sinn. Der Geister-Canyon. Für eine Sekunde war Justus versucht, daran zu glauben. Doch dann verdrängte er den Gedanken. Er wusste: was er hier erlebte, hatten sich nicht tote Indianer, sondern ein quicklebendiges teuflisches Gehirn ausgedacht! Was seine plötzlich auflodernde Angst nicht minderte. Das grauenvolle Lachen wurde lauter und lauter. Die Fratze verlosch, und Justus wich zurück in die andere Richtung, in den Teil des Canyons, den er noch nicht kannte. Wenn er sich jetzt beeilte, kam er auf der anderen Seite hinaus – heraus aus dem Canyon! – das war jetzt sein einziger Gedanke, heraus, um wieder einen klaren

Kopf zu bekommen und zu überlegen, was zu tun sei. Über ihm rauschte etwas, und als Justus den Kopf nach oben drehte, traf es ihn auch schon. Er hustete und spuckte, eingehüllt in eine gewaltige Ladung Sand, der ihm in den Augen brannte. Justus kauerte sich nieder und rieb sich die tränenden Augen. »Die Million«, meinte er zwischen all dem Gelächter zu hören, »die Million, gib mir die Million! Und verschwinde!«
Die Rucksäcke waren unter ihm, er hatte sie sich zwischen die Knie geklemmt. Er brauchte sie nur herzugeben. Dann hatte er wahrscheinlich seine Ruhe.
Als er endlich den Sand aus seinen Augen entfernt hatte, richtete er sich auf und rief: »Komm raus, du Phantom! Du kriegst deine Million! Aber nur gegen die Geige!«
Die Antwort war ein Lachen. Und eine zweite Ladung Sand. Für einen kurzen Augenblick verlor Justus die Nerven. Er drehte sich um und floh. Zwängte sich zwischen den Felsen hindurch, stolperte über Steine, wollte hinaus ins Freie, bis ihn eine flackernde Hitzewand aufhielt: Sein Fluchtweg war durch einen dicken brennenden Ast versperrt! Die Flammen loderten meterhoch. Justus drehte um und hastete zurück. Doch auch hier: Feuer!
Er saß in der Falle. Langsam wich Justus zurück. Etwa in der Mitte zwischen den beiden Brandherden befand sich eine etwas größere Höhle, in der er innehielt. Er spürte seine Taschenlampe in der Hand und leuchtete die Wände hoch, um zu prüfen, ob er irgendwie aus dem Canyon herausklettern konnte. Doch es war aussichtslos. Die Wände waren zu steil. Selbst der sportliche Peter hätte kaum eine Chance gehabt, da hochzukommen.
Plötzlich erstarb das Gelächter. Mit einem Schlag wurde es ganz still. Selbst die Geige war nicht mehr zu hören. Unwillkürlich kauerte sich Justus zusammen. Was für eine Überraschung

erwartete ihn als Nächstes? Von oben strahlte eine Lampe auf. Sie leuchtete durch die Höhle und markierte einen Punkt im Sand, der sich wenige Meter neben Justus befand. Unwillkürlich bewegte er sich auf die Stelle zu. Der Boden war weich. Justus bückte sich und fing an zu graben, erst langsam, dann immer schneller. Er war auf etwas gestoßen, das hohl klang, wenn man dagegen stieß. Kaum eine Minute später zog er einen schwarzen Geigenkasten aus dem Sand. Im gleichen Moment erlosch das Licht über ihm. Justus wartete einen Moment und versuchte, seinen Atem zu beruhigen. Als nichts passierte, leuchtete er den Geigenkasten an. Es war dasselbe Modell, das er aus dem Zion Park kannte. Auch dieser Kasten war unverschlossen. Justus klappte die Verriegelung hoch und öffnete den Koffer. Der Geigenkasten war leer. Bis auf ein zusammengefaltetes Blatt, aus dem ein Foto fiel, als Justus es herausnehmen wollte. Er erschrak. Es war ein Polaroidbild, unterbelichtet zwar, dennoch konnte man Justus, Peter und Bob erkennen, wie sie unter der Plane am Parkplatz des Antelope Canyons saßen und die Reste ihres Einkaufs aus dem Supermarkt verspeisten. Etwas unscharf, aber doch deutlich zu erkennen. Justus drehte das Bild herum. Auf der Rückseite stand in dicken Buchstaben:

LETZTE WARNUNG: DAS NÄCHSTE MAL BIST DU ALLEIN!

Der Entführer wusste über alles Bescheid! Er hatte sie beobachtet. Aber es würde ein nächstes Treffen geben. Die Geige war noch nicht verloren. Justus faltete das Blatt auseinander. Es war nach dem Schema der bisherigen Botschaften aufgebaut. Drei Bilder, die den Ort markierten, sowie eine Uhrzeit: **MONTAG 11 UHR.** Was die Fotos abbildeten, war nicht schwer zu erraten. Es war eine bestimmte Stelle im Grand Canyon, dem größten, tiefsten und eindrucksvollsten Canyon, den Amerika zu bieten hatte. Nachdenklich verstaute Justus alles wieder im Koffer. Er wusste, nun hatte er nichts mehr zu befürchten. Zumindest heute nicht. Was ihn jedoch nach den gerade durchstandenen Ereignissen noch alles im Grand Canyon erwartete, daran wollte er jetzt lieber nicht denken. Er stand auf und ging langsam in die Richtung, aus der er in den Canyon eingetreten war. Nach ein paar Metern erreichte er die Stelle mit dem brennenden Ast. Inzwischen war das Feuer ziemlich heruntergebrannt. Justus beschloss, es noch kleiner werden zu lassen. Jetzt hatte er Zeit. Sogar die seltsam faszinierenden Wände des Canyons bestaunte er nun. Er nahm sich vor, später einmal hierher zurückzukommen und den Ort zu genießen, später, wenn alles vorbei war. Als die Flammen nur noch leicht flackerten, löschte Justus sie ganz mit Sand. Dann kletterte er über die Stelle hinweg und machte sich auf den Weg zu Peter und Bob.

Der Rückweg durch das Flussbett kam ihm endlos vor, aber er wurde nicht mehr gestört. Als er endlich den Parkplatz vor sich sah, stand der Mond schon deutlich höher. Peter und Bob kamen ihm entgegen.

Justus leuchtete seine Freunde an und konnte Erleichterung in ihren übermüdeten Gesichtern lesen. »Es war sandig, es war anstrengend, und es war ein wenig gruselig«, sagte er matt, »selbst für meine Verhältnisse! Nur den Erpresser habe ich wieder nicht zu Gesicht bekommen. Er ist wie ein Phantom! Tänzelt um einen herum und du kannst ihn nicht greifen. Leider sind wir nicht weiter als zuvor. Aber es gibt einen dritten Treffpunkt!«

»Wenn ich nicht wüsste, dass es sich anders verhält, könnte man unseren Trip wohl für eine Art Abenteuerrundreise halten«, antwortete Peter enttäuscht. »Und ich hatte so gehofft,

dass du das Ding endlich mitbringst. Wir werden die Million einfach nicht los!«
»Und Dick Perry auch nicht«, sagte Justus und wies auf den alten Ford, aus dem eben der kleine dicke Detektiv gestiegen war. Perry schleppte sich heran. Er sah ziemlich übernächtigt aus, sein Anzug war zerknittert wie Butterbrotpapier. Perry gähnte ohne Unterlass, seiner Natur gemäß, ohne sich die Hand vor den Mund zu halten. »Hallo, Justus«, grunzte er und warf einen kritischen Blick auf Justus' Gepäck. »Ah ja. Die viele Kohle ist auch noch da! Aber was schleppst du da für einen merkwürdigen Koffer mit dir rum? Schon wieder so ein Geigenkasten! Sammelst du die? Oder bist du unter die Mafiosi gegangen und transportierst in solchen Kisten dein Maschinengewehr? Meine Güte, Justus! Du solltest dich mal sehen! Und mich endlich einweihen! Ihr schaut nicht gerade drein, als wärt ihr vom Erfolg verwöhnt! Ihr braucht Hilfe, Jungs, Hilfe von einem Profi!«
Justus fand, dass das eine erstaunlich lange Rede für Dick Perry war. Zumal um diese Uhrzeit. Doch er war einfach nur müde. Er beschloss, Perry schlicht stehen zu lassen, und wandte sich wieder seinen Freunden zu. »Machen wir uns endlich auf den Weg?«
Peter und Bob nickten, packten ihre Sachen zusammen und trotteten zum Auto.
»Wohin des Weges, Chef?«, fragte Peter, als er wenige Sekunden später hinter dem Steuer saß. Auch Dick Perry hatte sein Auto erreicht.
»Flagstaff. Richtung Grand Canyon.«
»Aye aye, Sir.«
Justus berichtete noch, was passiert war, und informierte per Handy kurz O'Sullivan. Dann schlief er erschöpft ein.
Die Sonne ging gerade auf, als Peter Flagstaff erreichte.

Das Mädchen mit den Flipflops

Warum der Entführer ihnen diesen einen Tag Pause verordnet hatte, war eine der Fragen, die sich Justus stellte, als die drei Detektive nach einem kurzen Schlaf vor ihrem Zelt auf dem Campingplatz zusammensaßen und frühstückten. Die zweite war: Warum hatte der Erpresser diese ganze Show abgezogen, nur, um ihm dann einen dritten Treffpunkt zu vermitteln? Wollte er überhaupt, dass die Übergabe zustande kam? So viel Justus auch grübelte, er kam auf keine befriedigende Antwort. Ihm fiel ein, dass sich Jelena noch nicht gemeldet hatte, die über die Versteigerung der Geige recherchieren wollte. Langsam wurde auch Mr O'Sullivan nervös, mit dem Justus am Vormittag wieder telefoniert hatte.

»Irgendwie hat der Kerl spitz gekriegt, dass ihr beide dabei seid«, sagte Justus und stellte seinen Becher Milchkaffee ab, um noch einmal das Foto zu zeigen, das er in dem Koffer gefunden hatte. »Morgen sollten wir noch vorsichtiger vorgehen. Der Kerl muss ein wahnsinniges Sicherheitsbedürfnis haben!« Sein Blick streifte in die unmittelbare Umgebung. Neben ihnen begann die Zone mit den Campingwagen. Zwei lange Wohnmobile waren gerade angekommen und die Männer schlossen die Strom- und Wasserversorgung an. Ein Junge und ein Mädchen mit einem Fußball tauchten auf. Sie postierten sich auf dem Weg, der zwischen dem Platz der drei ??? und den Wohnwagen lag, und droschen den Ball hin und her. Es war eine Frage der Zeit, bis der Ball auf dem Zelt der drei ??? landen würde.

»Wo Dick Perry wohl steckt?«, fragte Peter. »Ich habe mich schon richtig an ihn gewöhnt.«

»War übrigens eine gute Idee von dir, auf den Campingplatz

zu fahren«, grinste Bob. »Im Gegensatz zu uns hat er bestimmt kein Zelt dabei.«
»Wahrscheinlich besorgt er sich gerade irgendeine zerknitterte alte Regenplane«, lästerte Peter. »Zeig mir bitte noch mal das Foto, Justus.«
Wortlos reichte Justus das Bild, und Peter sah es sich eine Weile an. »Unser Täter muss irgendwo im Dunkeln der Wüste gewartet haben. Im Hintergrund des Bildes sieht man sogar Dick Perry in seinem Auto.« Peter hielt das Bild dicht vor die Augen. »Der Erpresser war ziemlich nah an uns dran! Die Verzerrung durch das Teleobjektiv ist nicht sehr stark. Ob er uns auch jetzt beobachtet?«
»Wir sollten jedenfalls damit rechnen.« Justus trank einen Schluck. Wer aber war ihr Gegner? Hatte er am Zion Park wirklich O'Sullivans Butler gesehen? Die Gedanken des Ersten Detektivs wanderten zurück zu ihrem Dauerbegleiter. »Hat Dick Perry uns eigentlich bis vor den Zeltplatz verfolgt?«
»Nicht dass ich wüsste«, sagte Peter, der gefahren war.
»Das ist doch eine gute Gelegenheit, um unser Auto nach einem Peilsender abzusuchen! Es ist schon erstaunlich, dass Dick Perry immer wieder auftaucht, selbst wenn er ohne Sichtkontakt fährt! Ich wette, wir finden was!«
Das ›wir‹ war natürlich eine maßlose Übertreibung: Die Fahndung nach dem Sender war eindeutig eine Aufgabe für Peter und Bob. Justus passte allein schon wegen seines Körperumfangs nicht unter den Wagen. Also tranken Peter und Bob ihre Becher aus und legten sich rücklings auf den Boden unter das Auto. Jeder auf eine Seite. Systematisch tasteten sie Zentimeter um Zentimeter der Wagenunterseite ab. Justus saß daneben, nippte an seinem Milchkaffee und kommentierte die Bemühungen von Zeit zu Zeit mit wenig hilfreichen Bemerkungen.
»Peter ist eindeutig schneller als du, Bob!«

»Du verwechselst schlampig mit schnell!«, blaffte Bob zurück. Dafür bekam er von Peter eine Ladung Sand in die Haare gepfeffert.
»Wer von euch beiden den Sender findet, bekommt einen tollen Preis!«, verkündete Justus und schlürfte besonders laut. »Den letzten Schluck Kaffee!«
»Ich hätte lieber die Million Dollar!«, kam es unter dem Auto hervor.
»Eine Million Dollar«, sagte ein Mann hinter ihnen.
Peter prallte vor Schreck mit dem Kopf gegen den Wagen, und auch Justus fuhr zusammen. »Ah, Mr O'Sullivan!«
»Ich wollte mit euch sprechen«, sagte der Filmproduzent. Unruhig trat er von einem Fuß auf den anderen.
Peter und Bob kamen unter dem Auto hervorgerutscht. »Die Hände können wir Ihnen leider nicht geben, die sind etwas … schwarz«, grinste Peter, aber er hielt sich trotzdem den Kopf damit.
»Das macht nichts. Ist euer Wagen kaputt?«
»Nein, alles in Ordnung«, sagte Justus schnell. Er wollte seinen Auftraggeber nicht durch die Geschichte mit Dick Perry beunruhigen. Irgendwie hatte er ein schlechtes Gewissen, dass sie den dicken Detektiv nicht richtig abschütteln konnten – schließlich waren sie Profis.
»Ich wollte auch nur kurz vorbeischauen«, sagte O'Sullivan und räusperte sich. »Nach allem, was du von gestern Nacht berichtet hast, hätte ich volles Verständnis, wenn ihr den Auftrag abgeben würdet.«
Justus schüttelte den Kopf. »So leicht lassen wir uns nicht beeindrucken, Mr O'Sullivan! Wir werden den Auftrag erledigen! Sie werden Ihre Geige wieder in den Händen halten!«
»Das freut mich zu hören.« Die Gesichtszüge von O'Sullivan entspannten sich, und man spürte wieder etwas von dem

Charme, den er ausstrahlen konnte. »Ich möchte mir allerdings keine Vorwürfe machen, wenn etwas schief geht. Ihr seid noch nicht … und der Grand Canyon ist … nun, er ist …«

»Sie meinen, wir sind für solch eine Begegnung noch nicht erwachsen genug, und der Grand Canyon ist sehr, sehr tief«, sprach Justus den Gedanken aus. »Ich werde aufpassen. Nein, Sie brauchen sich nicht zu sorgen.«

»Und die Million ist auch noch da!«, verkündete Peter stolz.

O'Sullivan lächelte, und sogar seine kleine Narbe am Mund lächelte mit. »Ich sollte mir vielleicht nicht ganz so viele Gedanken machen. – Danke. Aber wenn morgen wieder etwas schief geht, sprechen wir noch einmal über die Sache. So langsam bin ich mit meinen Nerven am Ende …«

»Ich bin sicher, dass es bald zur Übergabe kommt«, sagte Justus. »Der Täter will endlich an sein Geld, und langsam hat er mich auch genug getestet!« Justus verdrängte seine Zweifel über die Absichten des Erpressers, die sich nach dem gespenstischen Besuch des Antelope Canyons in ihm eingenistet hatten.

»Gut. Wir werden sehen. Kann ich euch noch helfen? Braucht ihr eine Karte vom Grand Canyon? Essensvorräte?«

»Wir fahren nachher zum Supermarkt einkaufen«, sagte Justus. »Aber Sie können sich darauf verlassen, dass wir Ihren Vorschuss nicht unnötig ausnutzen.«

»Daran zweifle ich nicht, Justus. Dann verschwinde ich besser wieder! Ich wohne im Hotel Sedona, falls ihr es euch anders überlegen solltet.« O'Sullivan nickte zum Gruß und wollte sich umdrehen.

»Haben Sie inzwischen etwas von Ihrem Diener gehört?«, fragte Justus hinterher.

»Hendry? Ja, ich habe ihn vorhin zu Hause angerufen. Alles in Ordnung.«

O'Sullivan nickte noch einmal und machte sich auf den Weg.

»Dann habe ich mich mit diesem Hendry wohl doch getäuscht«, sagte Justus, als der Filmproduzent außer Hörweite war.
»Andererseits kann man Telefone auch umleiten …«, gab Bob zu bedenken. »Aber lass uns weiter nach dem Peilsender suchen! Ich bin heiß auf den kalten Kaffee!«
Doch nicht er, sondern Peter hatte Glück. Nach gerade mal einer Minute hielt er stolz einen kleinen Sender in der Hand. »Da ist das Miststück! Innen unter der Beifahrertür«, sagte er. »Perry muss das bei einem der Stopps erledigt haben. Und nun?«
Darüber hatte sich Justus längst Gedanken gemacht. »Wir fahren doch sowieso zum Supermarkt. Dort klemmen wir das Teil einfach unter ein anderes Auto. Am besten unter irgendeinen Wagen von der Ostküste …« Er grinste. »Dann lernt Perry mal Amerika kennen! – Und nun: Der Siegertrunk!« Doch in dem Moment, als Justus sich die Thermoskanne greifen wollte, flog sie mit einem lauten Scheppern zur Seite. Im selben Augenblick verdrückte sich der Junge mit dem Fußball hinter den Wohnwagen.
»Volltreffer!«, sagte Justus und rieb sich die braunen Spritzer vom T-Shirt.

»Ich habe das Gefühl, O'Sullivan traut uns nicht so recht«, sagte Bob, als die drei ??? eine Weile später auf den großen Parkplatz des Supermarkts einbogen. »Immerhin geht es um eine Million Dollar und um eine Guarneri, und die Übergabe ist bereits zwei Mal fehlgeschlagen.«
»Ihm bleibt nichts anderes übrig, als uns zu glauben«, meinte Justus. »Und wir sind schließlich nicht irgendwer. Ich denke, er hat sich ganz bewusst für uns entschieden. Schau, da vorne können wir halten. Da stehen eine Menge PKWs herum, unter denen wir bestimmt das richtige Fahrzeug finden!«

»Ich hoffe jedenfalls, dass nicht irgendetwas Blödes passiert.«
»Was meinst du, Bob?«
»Dass die Übergabe nicht klappt. Wir liefern das Geld ab, bekommen aber nicht die Geige. Würde O'Sullivan uns das abnehmen?«
»Sein Risiko«, befand Justus kurz. Dann stiegen sie aus und checkten die umstehenden Wagen. Schließlich entschied sich Justus für ein Auto aus Maine, das bis unters Dach mit Taschen und Klamotten vollgepackt war. Der Schluss lag nahe, dass die Besitzer auf Durchreise waren. Während er und Bob die Umgebung im Blick behielten, bückte sich Peter schnell und befestigte den Minisender seitlich unter dem blauen Chevrolet. Zufrieden richtete er sich wieder auf. »Gute Fahrt, Dick Perry!«
Mit einem Lächeln auf den Lippen warf Justus Peter den Wagenschlüssel zu. »Und du, pass gut auf unsere Million auf, wenn Bob und ich den Supermarkt unsicher machen!«
»Am besten, ich zähle die Dollars noch mal durch«, sagte Peter und wartete auf ein Widerwort. Doch die beiden machten sich davon.
Peter sah seinen zwei Freunden kurz hinterher, dann verdrückte er sich zu ihrem Mietwagen. Die Million hatten sie am Morgen im Kofferraum verstaut. Da niemand in unmittelbarer Nähe war, öffnete Peter die Heckklappe. Da lagen sie, die beiden Rucksäcke. Voll mit Geld. Peter sah sich noch einmal um, hob den nächstliegenden Rucksack heraus und klappte den Kofferraum wieder zu.
Dann zwängte er sich zwischen den parkenden Autos zur Fahrertür, um sie aufzusperren. Als er mit dem Schlüssel beschäftigt war, wurde sein Blick magisch von einem blondgelockten Mädchen angezogen, das mit flotten Flipflops an den Füßen und einer bunten Plastiktasche in Richtung Supermarkt schlenderte. Er starrte ihr einen Moment lang nach. Sie spürte seinen

Blick und lächelte selbstbewusst zurück. Für einen kurzen Moment vergaß er sogar das Geld in seinem Rucksack.

Vollgepackt mit Tüten verließen Justus und Bob eine Weile später den Supermarkt. Sie hatten Getränke und Speisen gekauft, dazu Sportriegel für zwischendurch, und in einer Abteilung mit Postkarten und Reiseführern hatte Justus sogar eine genaue Karte des Grand Canyon gefunden, auf der er die Stelle der morgigen Übergabe zu finden hoffte. Entsprechend gut gelaunt bahnten sie sich den Weg über den Parkplatz zu ihrem Wagen. Doch irgendwie mussten sie sich vertan haben. Da war kein Auto. Zumindest nicht das, nach dem sie suchten.
»Hier haben wir Peter zurückgelassen!«, sagte Justus irritiert. »Schau, der Wagen aus Maine ist immer noch da! Und wir standen dort!« Justus deutete auf eine Lücke, in die gerade ein roter VW rollte.
»Aber … dann ist Peter weggefahren? Ohne uns? Nie im Leben! Irgendetwas geht hier vor, Just!« Bob hatte plötzlich ein lähmendes Gefühl in der Magengegend. Peter würde nicht einfach so abhauen. Aber vielleicht hatten sie die Gefahr eines Überfalls unterschätzt.
»Peter wird doch nicht mit den Dollars durchgebrannt sein«, sagte Justus.
»Hör auf, Just! Nach Scherzen ist mir nicht zu Mute!«, gab Bob zurück. Er setzte die Einkaufstüten auf dem nächstbesten Kofferraum ab und sah sich hastig um. »Nichts! Gar nichts! Peter ist spurlos verschwunden!«
In der Ferne ratterte ein schier endlos langer Güterzug der Union Pacific Rail entlang. Vier Mal ertönte das lange dunkle Signal der starken Lokomotive. In den Ohren der beiden Detektive klang es unheilvoll.

Peter? Peter!!!

Nachdem sie den Parkplatz ergebnislos nach einem Hinweis von Peter abgesucht hatten, packten Justus und Bob ihre eingekauften Vorräte zusammen und liefen zur Hauptstraße. Sie konnten nichts anderes tun als warten. Der Durchgangsverkehr von Flagstaff rollte an ihnen vorbei, Auto um Auto, doch von Peter keine Spur.

Unruhig traten die beiden Detektive von einem Fuß auf den anderen. Wenn sie nur einen Hinweis hätten. Steckte Dick Perry dahinter? Aber warum sollte Perry ihren Freund entführen? Oder hatte Peter eine Spur entdeckt und die Verfolgung aufgenommen? Aber was für eine Spur sollte das sein?

Plötzlich stieß Bob seinen Freund heftig in die Seite. »Peter! Da vorne!«

Tatsächlich! In einigen hundert Metern Entfernung kam ihr Chevrolet angerast. Nach wenigen Sekunden konnten die beiden Detektive Peter erkennen, der dicht über das Steuerrad gebeugt war. »Der Kerl fährt ja wie der Henker!«, entfuhr es Justus. Aber wenigstens war Peter wieder da! Justus sprang an den Straßenrand und winkte heftig, um auf sich aufmerksam zu machen. Peter raste heran. Erst im letzten Moment trat er auf die Bremse. Staub wirbelte auf. Kaum stand das Auto, stieg Peter auch schon aus und umrundete den Wagen. Offenbar war es ihm egal, dass er mitten auf dem Fahrstreifen parkte.

»Die Dollars!«, rief er. »Alles ist aus!«

»Wie bitte?«

Hinter dem Auto hatte sich bereits ein kleiner Stau gebildet. Die ersten Autofahrer hupten. Justus schob Peter zurück in den Chevrolet und wies Bob ans Steuer. »Verschwinden wir hier erst mal!«

Bob lenkte den Wagen zurück auf den Parkplatz und stellte den Motor ab. »Nun reg dich bitte ab und erzähl in Ruhe, was passiert ist, Peter.«
Der Zweite Detektiv sah aschfahl aus. »Die Dollars sind weg!«, sagte er mit weinerlicher Stimme. »Nicht alle, aber der eine Rucksack!«
»Wie *weg*?«
»Ich … als ihr zum Supermarkt seid, da … da wurde ich abgelenkt und …«
»Die Rucksäcke waren doch im Kofferraum!«
»Ja, schon, aber ich habe einen herausgenommen. Ich wollte einfach mal reinschauen, ob noch alles in Ordnung ist. Und dann wurde ich abgelenkt und hinter mir …«
»Wie *abgelenkt*?«
»Äh, ein Mädchen, dem ich …«
»Ein Mädchen?«
»Ja! Sie sah ziemlich toll aus, und ich habe ihr hinterhergeschaut!« Peter wusste genau, dass Justus innerlich den Kopf schüttelte. Das machte die Sache nur noch schlimmer. Dem Ersten Detektiv, dieser verführungsresistenten Denkmaschine, wäre das natürlich nie passiert. Aber Justus war halt Justus, und Peter blieb Peter. Peter fühlte sich mehr als mies. »Sie hat mir zugelächelt. Dadurch habe ich nicht mitbekommen, dass hinter mir inzwischen ein Auto gestoppt hatte. Ich hörte Schritte, drehte mich um und blickte in eine dunkle …«
»… in eine Maske?«, dachte Justus mit.
»Ja, eine schwarze Wollstrumpfmaske! Nur die Augen waren zu sehen! Ein Messer hatte der Kerl auch noch dabei. Der Mann riss mir den Rucksack aus den Händen …«
»… du sprichst von einem der Rucksäcke mit den Dollars?«
»Aber ja doch, Justus! Das ist es ja! Der Dieb sprang zurück in seinen Wagen. Dann gab er Gas. Und weg war er.«

»Er riss dir einfach so den Rucksack …«
»Ich wollte ihn noch festhalten, aber ich war so überrascht! – Steinigt ihr mich jetzt?«
»Überrascht!« Justus konnte es einfach nicht fassen. Das Geld war weg. Was erzählte Peter da bloß für eine Geschichte. »In was für einem Auto flüchtete er?«
»Ist doch jetzt unwichtig«, drängelte Bob. »Wie ging es weiter, Peter? Hast du ihn verfolgt? Weißt du, wohin er gefahren ist? Wer es war?«
»Er fuhr einen ziemlich gewöhnlichen Chrysler«, sagte Peter und beantwortete damit zunächst Justus' Frage. »Mit Kennzeichen aus Florida. Vielleicht ein Leihwagen. Die Nummer konnte ich nicht mehr erkennen. Der Kerl ist losgebraust wie ein Irrer! Bis ich ausgeparkt hatte, war der Mann schon auf der Hauptstraße. Ich hinterher. Er fuhr die Straße entlang Richtung Highway. Durch meinen Zeitverlust waren mehrere Autos zwischen uns. Ein paar konnte ich überholen. Ich hatte ihn immer im Blick! Und dann ging alles so richtig schief! Der Typ erreichte die Kreuzung, an der man die Schienen der Pacific Rail überqueren kann. Die Schranken gingen gerade herunter. Der Typ sieht das, biegt ab, obwohl rot ist, und brettert gerade noch über die Schienen!«
»Und du?«, fragte Bob.
»Die Trottel vor mir haben mich natürlich nicht vorbeigelassen«, lamentierte Peter. »Aber es wäre auch zu spät gewesen. Ein riesiger Güterzug rollte über den Bahnübergang. Mann, das waren bestimmt über hundert Waggons! Ich bin fast durchgedreht! Nach einer Ewigkeit gingen die Schranken wieder hoch.«
»Und da war der Räuber über alle Berge!«
»War er.«
»Mist.«
Peter schwieg. Er fühlte sich wie ein Häufchen Elend. Nein,

mindestens wie zwei. Oder zweitausend. »Ich habe alles vermasselt«, jammerte er.
»Wenn du nicht dem Mädchen …«, setzte Justus an.
Doch Bob unterbrach den Ersten Detektiv sofort. »Dann hätte Peter den Räuber zwei Sekunden früher gesehen. Und? Hätte das was genützt? Ich sage dir: nein!«
Peter sah Bob dankbar an. Es tat mächtig gut, dass Bob ihn verteidigte.
Doch Justus ließ nicht locker. Er wollte einfach nicht glauben, was passiert war, und sein Dickkopf ging mit ihm durch. »Warum hast du auch das Geld aus dem Kofferraum geholt! Damit fing doch alles an!«
Peter sackte wieder in sich zusammen.
Bob legte den Arm um ihn und schüttelte den Kopf. »Justus! Hast du das Gehirn ausgeschaltet? Dann hätte der Täter einfach Peter das Messer in die Rippen gebohrt und ihn gezwungen, den Kofferraum aufzuschließen! Ist doch kein Problem!« Er lächelte Peter an.
»Wenn er das mit dem Geld überhaupt gewusst hat!«, rief Justus. »Vielleicht hatte es der Typ nur auf einen kleinen Geldbeutel abgesehen und freut sich nun über eine halbe Million Dollar! Sein Glückstag! Sechs Richtige im Lotto!«
»Das glaube ich nicht«, Peter blickte auf. »Ich habe nämlich vergessen, euch noch etwas zu erzählen: Auf der Ablage hinter der Rückbank seines Autos lag eine bunte Strickmütze.«
»Eine bunte Strickmütze … was soll uns das sagen?«, brauste Justus los. Er war immer noch in Fahrt. Dann fiel es ihm schlagartig ein. Der Mann im Fastfood-Restaurant hatte eine solche Mütze getragen. Der so seltsam hinter ihnen hergeblickt hatte, als ihnen das Geld zu Boden gefallen war. Und das war nicht Peters Schuld gewesen. Hatte sie der Mann seitdem verfolgt? Letztlich war es egal. Vorerst jedenfalls. Das Geld war weg.

»Entschuldigung, Peter«, sagte Justus nach einer kurzen Denkpause. »Tut mir Leid. Ich wollte dich nicht blöde anpampen. Ich weiß, wir sind ein Team. Ich bin nur so enttäuscht.«
Peter nickte. »Vergessen wir's, Erster.«
Das Geld war weg, ein großer Teil zumindest, und das bedeutete, dass sie ihren Auftrag nicht mehr ausführen konnten. Es war einfach nur peinlich. Eine Weile saßen sie ratlos herum.
»Peter, gib doch endlich zu, dass das alles nicht wahr ist und du das Geld versteckt hast! Um es später zu holen. Davon hast du doch sowieso geträumt!« Justus lachte. »So verrückt es sich anhören mag: Aber diese Lösung wäre mir jetzt am liebsten!«
»Glaubst du das wirklich?«, fragte Peter säuerlich.
»Für Außenstehende klingt die Geschichte schon etwas schräg!«, sagte Justus.
»Vor allem wird O'Sullivan so denken!«, nahm Bob den Faden auf. »Der nimmt uns die Story vom Überfall auf dem Parkplatz doch kaum ab, oder?«
Der Gedanke war nicht von der Hand zu weisen. »Vielleicht gab es Zeugen?«, mutmaßte Justus. »Das Mädchen vielleicht?«
»Ich glaube nicht, dass sie etwas mitbekommen hat«, sagte Peter. »Sie war schon ein Stück weit weg. Wir könnten sie natürlich suchen …«
»Unsere einzige Chance!« Die drei Freunde schlossen das Auto ab und rannten in den Supermarkt. Gang für Gang suchten sie den Laden bis auf den letzten Quadratmeter ab. Doch das Mädchen war längst verschwunden.
Geknickt trotteten die Detektive wieder nach draußen.
»Es bleibt uns nichts anderes übrig, als O'Sullivan zu informieren«, sagte Bob.
Justus stöhnte auf. Er hatte vor fast nichts Angst. Und er drückte sich selten vor einer unangenehmen Aufgabe, außer, wenn Tante Mathilda mit ihrer Putzausrüstung winkte. Aber wenn

er an das Gespräch mit O'Sullivan dachte, wurde ihm richtig schlecht. »Lasst uns zum Zeltplatz zurückfahren und das übrig gebliebene Geld zählen, damit wir wenigstens wissen, wovon wir reden«, schlug er vor. So verschaffte er sich etwas Aufschub. Den anderen fiel auch nichts Besseres ein, und so setzten sie sich wieder ins Auto und fuhren zurück. Fast wünschten sie sich, Dick Perry zu sehen. Genau genommen hatte er ihnen zwei Mal geholfen: bei der Polizeikontrolle – und als er Justus das verlorene Bild zurückgegeben hatte. Und hatte er sie nicht auch vor dem Mann mit der Strickmütze gewarnt? Aber ausgerechnet jetzt hatte niemand auf sie aufgepasst. Wahrscheinlich war der Detektiv aus Santa Monica längst auf dem Weg nach Maine.
Sie erreichten den Campingplatz und verzogen sich ins Zelt. Missmutig öffnete Peter den zweiten Rucksack und schüttete seinen Inhalt auf den Zeltboden. Sie fingen an zu zählen.
Und zählten.
Und zählten.
»Eine Million Dollar sind ganz schön viel«, sagte Bob, als er die letzten Scheine zusammensuchte.
»Nicht mal eine halbe Million«, korrigierte Justus. »Wir sind exakt bei 398.400 Dollar. Der Mistkerl hat auch noch den volleren Sack erwischt.«
»Fehlen 601.600 Dollar«, sagte Bob. »Sollen wir zusammenlegen?«
Peter flüchtete sich in Sarkasmus. »Wenn wir zu dritt die nächsten siebzig Jahre bei Tante Mathilda putzen, bekommen wir's vielleicht hin.«
»Bei solchen Aussichten wandere ich lieber nach Südamerika aus«, verkündete Justus bitter.
Es half nichts. Er musste O'Sullivan informieren. Mit trockenem Mund wählte Justus dessen Handynummer. Zu allem Unglück hob ihr Auftraggeber auch noch gleich ab.

Riskante Pläne

Mit zitternder Stimme beichtete Justus, was passiert war. Als er alles erzählt hatte, hielt Justus das Handy so, dass Peter und Bob mithören konnten, und entschuldigte sich noch einmal bei ihrem Auftraggeber: »Es tut uns ausgesprochen Leid, Mr O'Sullivan.«

O'Sullivan schwieg.

»Sind Sie noch am Apparat?«, fragte Justus.

»Ja … ich …«, kam es stockend aus dem Hörer.

»Ich weiß: Es ist unverzeihlich, Mr O'Sullivan! Und es war ein dummer Zufall!«

»Jetzt … jetzt ist alles aus!« O'Sullivans Stimme klang ausgesprochen weinerlich. So hatten ihn die drei ??? noch nie reden gehört. »Ich sehe mein Instrument nie wieder!«

»Doch, Mr O'Sullivan! Der Entführer wird sich wieder bei Ihnen melden! Schließlich will er das Geld! Besteht denn irgendeine Chance, den Geldtopf wieder aufzufüllen? Anschließend werden wir versuchen, den Dieb zu fangen und Ihnen das gestohlene Geld wiederzubringen, das versprechen wir Ihnen!«

»Wie denn, Justus? Morgen soll das Lösegeld übergeben werden. Ich sitze in Flagstaff im Sedona-Hotel, meine Bank ist in Beverly Hills. Es ist Sonntag, Justus! Wie soll ich denn jetzt an 600.000 Dollar kommen? Langsam übersteigt das auch meine Kapazitäten.« Er rang mit sich. »Trotzdem, mit dem Verlust könnte ich ja noch leben.«

»Sollten wir nicht besser die Polizei informieren?«

»Ja. Ich denke, das sollten wir. Morgen Mittag. Direkt nach dem Treffen mit dem Entführer!«

»Sie halten ein Treffen also nach wie vor für sinnvoll«, stellte der Erste Detektiv zufrieden fest. Er dachte ähnlich.

»Natürlich, Justus. Ich würde den übrig gebliebenen Teil des Geldes übergeben und dem Entführer einfach sagen, was passiert ist. Dann sieht er meinen guten Willen! Das ist doch meine einzige Chance! Ich kann diese Aufgabe übernehmen, Justus. Wenn der Täter mich akzeptiert …«
Justus glaubte, nicht recht zu hören. »Ich denke kaum, dass der Entführer sich überhaupt nur blicken lässt, wenn Sie auftreten! Das passt nicht in sein bisheriges Verhaltensmuster. Selbstverständlich werden wir das in die Hand nehmen, Mr O'Sullivan! Schließlich haben wir Ihnen das alles eingebrockt!«
O'Sullivan schwieg. Er schien zu überlegen. »Sprechen wir nachher noch mal«, sagte er und seine Stimme klang resigniert. »Ich werde versuchen, jemanden bei meiner Bank zu erreichen. Ich rufe dich an.«
Justus steckte das Handy weg. »Puh!«, sagte er erleichtert. So verzwickt die Lage auch war, so war ihm jetzt immerhin wohler zu Mute. O'Sullivan hatte ihnen den Überfall geglaubt. Sie hatten die Chance, den Fehler wieder gutzumachen. »Bis morgen haben wir noch Zeit genug! Peter und Bob, wir müssen uns etwas einfallen lassen!«
»Erst einmal sollten wir uns darum kümmern, dass O'Sullivan die Dollars zurückbekommt«, sagte Bob. »Das bedeutet: Dick Perry auftreiben. Denn er hat den Mann mit der Strickmütze gesehen. Vielleicht hat er beobachtet, welches Auto er fährt. Irgendeine Spur muss sich doch ergeben!«
»Aber damit fangen wir an, wenn wir die Geige haben«, antwortete Justus.
»Wie? Die Geige *haben*?« Peter war fassungslos. »Du glaubst doch wohl nicht, dass O'Sullivan das fehlende Geld noch auftreibt?«
Justus schüttelte den Kopf. »Das ist unwahrscheinlich. Aber ganz habe ich noch nicht aufgegeben. Immerhin besitzen wir

noch 400.000 Dollar. Vielleicht gelingt es mir ja vorzutäuschen, es wäre eine Million. Es kommt auf die Situation der Übergabe an. Ich muss … flexibel agieren!«

Peter sah seinen Freund mit einer Mischung aus Bewunderung und Erstaunen an. »Das wäre ein hohes Risiko, Justus!«

»Wenn einer Nerven wie Stahlseile hat, dann unser Erster!«, sagte Bob anerkennend. Justus hatte einen Plan. Bobs Laune besserte sich schlagartig.

Aber Peter war dagegen. »Wenn das schief geht, sind die 400.000 Dollar auch noch weg! Dann haben wir innerhalb eines Tages eine Million Dollar verbraten! Das glaubt uns keiner, in was für einer verrückten Situation wir sind … Aber ich halte mich zurück. Entscheidet ihr!«

»Als Erstes brauchen wir einen Copyshop, Gummibänder, drei Scheren oder besser noch: eine Schneidemaschine«, sagte Justus. Er sprühte plötzlich wieder vor Tatkraft. »Wir machen uns Dollarkopien, schneiden sie auf das Format des Geldes und packen sie zu Bündeln zusammen! Nur ganz oben drauf legen wir echtes Geld. Die so präparierten Bündel packen wir in die Mitte der Rucksäcke. An den Seiten deponieren wir möglichst richtiges Geld. Wenn der Erpresser die Scheine kontrollieren will, wird er in den Rucksack greifen und sich irgendein tiefer gelegenes Paket vom Rand herausziehen. Auch auf der oberen Schicht sollte selbstverständlich echtes Geld liegen. Vielleicht macht er es sich sogar ganz einfach und nimmt nur ein Bündel von oben. Schließlich steht er unter Zeitdruck!«

»Und wenn er den Rucksack ausschüttet?«, fragte Peter.

»Dann befinden sich zumindest oben und unten von jedem Bündel ein paar echte Dollars! Und unterschätzt nicht, wie man sich fühlt, wenn man kurz vor dem Ziel ist. Da muss man sich zur Ruhe zwingen! Auch der Erpresser! Vor allem aber: der Mann rechnet nicht mit einem Trick! In seinen Augen sind wir

keine Profis. Und bisher haben wir uns ziemlich an seine Bedingungen gehalten!«
»Na ja«, sagte Peter.
Justus legte die Stirn in Falten. »Ich weiß«, gab er zu. »Mein Plan hat seine Risiken. Ich muss flexibel reagieren. Wenn ich den Eindruck habe, dass die Situation unübersichtlich wird, dann kann ich immer noch umschwenken, die Wahrheit erzählen und dem Erpresser versichern, dass er den Rest des Geldes erhalten wird.«
»Wenn es schief geht, riskierst du die Geige!«
»Das glaube ich nicht. Der Erpresser wird sie nicht zerstören. Sie ist sein Garant für das Geld!«
Peter entgegnete nichts mehr. Ganz hatte Justus ihn nicht überzeugt. Andererseits konnte sein Fehler durch Justus' Plan mit etwas Glück wieder ausgebügelt werden. Und das Glück war ja, wie er aus langer Erfahrung wusste, hin und wieder auf ihrer Seite gewesen.

Auf dem Weg in die Stadt steuerten sie einen Copyshop an, in dem Peter im Sichtschutz von Justus und Bob einen dicken Papierstapel Dollarkopien herstellte. Sie kauften auch noch ein einfaches Schneidegerät. Dann verdrückten sie sich in ihr Zelt, um die Massenherstellung von Dollarscheinen in Angriff zu nehmen. Es war eine ziemlich langwierige Arbeit. Als sie gut die Hälfte der kopierten Blätter verarbeitet hatten, rief O'Sullivan an. Wie befürchtet, hatte er das Lösegeld nicht auftreiben können. Er bot wieder an, die Übergabe zu übernehmen, doch Justus überzeugte ihn, den drei ??? noch einmal eine Chance zu geben. Von seinem Plan erzählte er nichts. Es war die Trumpfkarte, die er erst ganz zum Schluss ausspielen wollte.
Justus wählte auch noch Jelena an, doch sie hatte nur ihre Mailbox eingeschaltet.

Also arbeiteten die drei ??? weiter. Sie kamen sich vor wie in einer kleinen Geldfälscherwerkstatt. »Wenn Inspektor Cotta uns erwischen würde ...«, witzelte Justus. »Wir bekämen zehn Jahre Knast!«
Gegen Abend hatten sie endlich die beiden Rucksäcke so weit präpariert, dass Justus zufrieden war. Peter und Bob verabschiedeten sich, um das Essen vorzubereiten, während sich Justus die Karte des Grand Canyon vornahm, die er im Supermarkt gekauft hatte. Er wollte die Stelle sondieren, die der Entführer in seinem letzten Schreiben als Übergabeort festgelegt hatte. Sie war nicht schwer zu finden. Vom Südrand des Canyons aus musste man einen Wanderweg laufen, der ins Innere des riesigen Tals führte. Nach kurzer Zeit zweigte ein kleiner Nebenpfad ab, der sich eng zwischen Felsen und Schluchten hindurchzwängte und dann einfach im Nirgendwo endete. Das war geschickt gewählt. Wahrscheinlich verlief sich hier kaum ein Mensch jemals hin. Wenn es überhaupt erlaubt war, den Pfad zu betreten. Denn die beiden Bilder, mit denen der Entführer die Übergabestelle markiert hatte, zeugten eindrucksvoll von der Gefährlichkeit des Ortes, von der Wucht der Felsen und der unermesslichen Tiefe der Schluchten. Justus schauderte unwillkürlich, als er sich vorstellte, dort alleine dem Entführer gegenübertreten zu müssen. Aber lange ließ er dieses Gefühl nicht zu.
»Abendessen, Justus!«, rief Bob von draußen. Justus steckte die Karte weg und zog das Zelt auf. Der Duft von Rauch und frisch gegrilltem Fleisch wehte ihm um die Nase. Der neben ihrem Zeltplatz installierte Holztisch war einladend gedeckt. In den Bechern perlte bereits die Cola. Peter nahm gerade ein Steak vom Grill und legte es auf den Teller, den Bob ihm reichte. »Es ist angerichtet, der Herr!«, sagte der Zweite Detektiv und grinste.

»So lange es keine Henkersmahlzeit ist«, antwortete Justus und robbte aus dem Zelt. »Jungs, ihr seid die Größten! Mein Magen hängt tiefer als die wildeste Schlucht des Grand Canyon!«

»Dann lass uns am besten sofort etwas dagegen unternehmen!«

Sie setzten sich an den Tisch, aßen und tranken. Es war ein wunderbarer Abend, friedlich, warm und ohne störenden Wind. Auch die beiden Familien mit den großen Campern waren am Grillen und unterhielten sich über das, was sie am Tag erlebt hatten. Peter zwinkerte dem Jungen mit dem Fußball zu und nahm sich vor, ihn nach dem Essen noch auf einen kleinen Kick einzuladen.

Eine Falle?

Justus hatte schlecht geschlafen. Immer und immer wieder hatte er an die Geldübergabe gedacht und sich ausgemalt, was dabei alles passieren konnte und wie er darauf reagieren wollte. Es war seine Art der Vorbereitung, um in der Situation selbst keinen Fehler zu machen. Doch ab und zu hatte eine andere Frage seine Vorstellung überlagert: Würde es überhaupt eine Übergabe geben? Wollte der Dieb die Geige nicht vielmehr behalten? Und trotzdem abkassieren? Schade, dass Jelena immer noch nichts über die Mitbieter der *Diener des Herrn* auf der Versteigerung in New York herausgefunden hatte.
Aber auch Peter rieb sich müde die Augen, er allerdings, weil ihm der Überfall nicht aus dem Kopf gegangen war. Er hatte schon Schöneres geträumt als in dieser Nacht und war froh, dass sie endlich vorbei war.
Als Letzter wachte Bob auf. Nervös, unsicher – ihm passte nicht, dass Justus zu einem solch gefährlichen Treffen musste. Nacheinander gingen sie sich waschen; die meisten der Gäste auf dem Campingplatz schliefen noch. Dann holten sie sich Kaffee und hockten sich vors Zelt. In der Ferne fuhr ein Zug der Union Pacific Rail vorbei. Das durchdringende Tuten der Lokomotiven, das sie auch durch die Nacht begleitet hatte, erinnerte sie an den Misserfolg des gestrigen Tages. Als sie mit dem kargen Frühstück fertig waren, packten sie zusammen, zahlten und verließen den Campingplatz. Sie waren gut in der Zeit. Justus wollte die Sache in Ruhe angehen.
Nach einer problemlosen Fahrt erreichten sie pünktlich den Grand Canyon. Justus hatte einen Parkplatz ausgesucht, der einigermaßen in der Nähe des Übergabeortes lag. Trotz des Memorial Days waren noch nicht viele Besucher da. Auch von

Dick Perry war nichts zu sehen. Die drei ??? vermissten ihn nicht.
Vom Parkplatz aus konnte man den Canyon noch nicht sehen. Sie liefen einen Weg entlang und ganz plötzlich bot sich ihnen die volle Aussicht auf das Naturwunder. Obwohl sie nicht als Touristen gekommen waren, konnten sie sich der Wucht des Anblicks nicht entziehen. Der Canyon war so weit und tief, dass er seltsam unnahbar wirkte. Aber die Detektive hatten nicht viel Zeit, sich solchen Gedanken hinzugeben oder sich gar in den Anblick der Farben und Formen zu vertiefen. Stattdessen prüften sie, ob es am Rand des Canyons eine geeignete Stelle gab, von der aus sie den Übergabeort beobachten konnten. Doch wie sie erwartet hatten, lag der vorgegebene Platz vollkommen verborgen. Für Justus würde es also wieder ein Tanz auf dem Seil ohne Netz werden. Er beschloss, dass Peter und Bob erst gar nicht mitgehen, sondern am Anfang des Wanderwegs auf ihn warten sollten. Er wollte den Erpresser nicht unnötig provozieren.
Der Erste Detektiv hängte sich die beiden Rucksäcke um, die bis jetzt Bob und Peter getragen hatten. Dann kontrollierte er die Uhrzeit. »Noch eine knappe Stunde. – Ihr werdet sehen: Die drei ??? gewinnen!« Er lächelte.
»Werden wir! Und komm heil zurück, Erster«, meinte Bob.
»Ja, wäre schade um dich!«
»Sonst müssen wir die halbe Million bei Tante Mathilda zu zweit abarbeiten!« Bob verzog zum Spaß das Gesicht. »Wäre ein Albtraum!«
»Ich lasse euch nicht im Stich«, sagte Justus, lächelte noch einmal und ging.
Peter und Bob sahen ihm nach, bis er um die erste Kurve gelaufen und aus ihrem Blickfeld verschwunden war. Justus war schon sehr mutig. Jetzt war Peter froh, dass er nicht in seiner

Haut steckte. Zur Untätigkeit verdammt setzten sich die beiden Detektive auf einen Felsbrocken und starrten in den Canyon. Ab und zu flog ein Hubschrauber über sie hinweg, der den Touristen die Schluchten von oben zeigte.

Die Sonne brannte heiß vom Himmel, und Justus schwitzte schon nach wenigen Metern. Nach einer Weile erreichte er die gesuchte Abzweigung. Ein Schild warnte vor dem Betreten des Pfades. Dem Weg war auch anzusehen, dass ihn nicht sehr viele Menschen benutzten. Justus bog ab und marschierte weiter. Der Karte nach ging es nun eine ganze Weile parallel zum Canyon, vorbei an mehreren Nebenschluchten. Der Weg fiel leicht ab und die Felsen auf der linken Seite wurden immer höher. Ab und zu streifte der Pfad fast die Kante, von der aus es mörderisch steil hinunter ging. Einmal blieb Justus stehen und blickte den Felsfall hinab. Ihm wurde ganz schwindelig. Danach verkniff er sich das.
Irgendwo weiter hinten auf dem Weg wartete ein kleines Plateau auf ihn, das Justus vom dritten Foto kannte. Dort, genau in die Mitte hinein, hatte der Erpresser das dritte Kreuz eingezeichnet. Es würde der Ort der Übergabe sein, dessen war sich Justus plötzlich gewiss. Es passte alles: Der Platz war abgelegen genug, um Touristen fern zu halten, der schmale Weg war für den Erpresser noch besser zu überwachen als die anderen Orte, und in der Weite der Landschaft verlor sich jedes Geräusch, falls es zu einer Auseinandersetzung kommen sollte. Weit war es nicht mehr. Justus wollte zwar nicht zu spät kommen, aber auch nicht zu früh. Also verlangsamte er das Tempo.
In Gedanken ging er noch einmal alles durch. Sein Plan war, den Erpresser in Sicherheit zu wiegen, sein Vertrauen zu erhalten und so vielleicht einer strengen Kontrolle der Dollars zu entkommen.

Als Justus um einen steil abfallenden Felsblock gebogen war, blieb er stehen und holte erst einmal Luft. Der Abstieg hatte ihn weit in die Schlucht hinuntergeführt und viel Schweiß gekostet. Viele hundert Meter unterhalb donnerte der Colorado-River durch die Felsen.

Die Einsamkeit ließ Justus spüren, wie schutzlos er war. Warum hatte der Erpresser Wert auf einen körperlich unterlegenen Gegner gelegt? Plante der Dieb vielleicht ... Geige *und* Geld zu behalten? Bei dem Gedanken zuckte Justus innerlich zusammen. Dazu brauchte man hier keine Waffe, keine Pistole, nicht einmal ein Messer. Es reichte ein kleiner Stoß über die Kante in den Abgrund. Er würde keine Spuren hinterlassen. Keine Zeugen, der perfekte Mord. Jetzt brach Justus erneut der Schweiß aus, aber er zwang sich zur Ruhe. Er würde aufpassen, dem Abhang nicht zu nahe zu kommen. Aber wie würde der Erpresser reagieren, wenn er bemerken sollte, dass er betrogen worden war?

Justus drängte die Frage beiseite, schob sein Gepäck zurecht und schritt los. Nur noch ein Felsvorsprung, dann war er am Plateau. Ganz langsam passierte er das Hindernis. Und erschrak. Zwei Menschen waren dort. Ein Mann und eine Frau. Sie saßen exakt an der Stelle, die Justus aufsuchen sollte. Beide aneinander gelehnt, so dass sie sich gegenseitig stützten, die Beine weit von sich gestreckt, es sah aus, als ob sie sich sonnten. Nicht weit entfernt standen zwei geöffnete Rucksäcke und auch eine Wasserflasche lag in Reichweite. Ein friedliches Bild.

Doch Justus traute ihm nicht. Er wartete einen Moment. Nichts regte sich. Es konnte ein Zufall sein, Touristen, die sich und den Augenblick genossen. Oder auch eine Falle. Eine Falle für ihn.

Auf glühenden Kohlen

Justus kniff die Augen zusammen und schaute genau hin. Der Mann war mit T-Shirt und kurzer Hose bekleidet, die Frau trug zu ihren Shorts ein Hemd, Freizeitkleidung, gewiss, aber doch in der Farbkombination mit einer gewissen Aufmerksamkeit gewählt, wie sie eher die Besucher von der Ostküste trugen, oder auch Europäer. Die blau-weiß-rot gemusterten Schuhe, die die Frau abgestreift hatte, hatten einen gewissen Chic. Nichts an der Szenerie wirkte gestellt, so dass Justus beschloss, sich näher heranzuwagen.

Sie bemerkten ihn erst, als er fast vor ihnen stand. Erschrocken schob die Frau die Sonnenbrille auf ihre kurzen Haare und der Mann setzte sich auf.

»Hi«, sagte Justus möglichst unverbindlich. Innerlich war er hochkonzentriert.

»Hi ... Wirklich ... fantastisch hier, oder?«

»Hm.«

»Allein unterwegs?«

»Ja.« Justus nickte zur Bestätigung. »Ich liebe es, etwas abseits zu gehen. Sie wohl auch? Sie sind Touristen aus Europa?«

Der Mann bejahte. »Wie kommst du darauf?«

Justus deutete auf das T-Shirt des Mannes, auf dem klein das Kolosseum von Rom aufgedruckt war und neben ihm ein Schriftzug: amo roma. Doch mehr noch als das hatten ihm die für Amerika untypischen Marken der Rucksäcke und das ungewöhnliche Goldoni-Hemd der Frau Gewissheit verliehen. Justus erwähnte es mit Absicht nicht. Seine scharfe Beobachtungsgabe konnte auf andere auch unheimlich wirken. Aber innerlich entspannte er sich: Das waren bestimmt Touristen. So gut konnte niemand schauspielern.

»Wir schauen uns die Nationalparks an. Morgen geht es weiter in den Antelope Park«, erzählte die Frau. »Willst du dich zu uns setzen? Es ist so ein traumhafter Platz hier … Wo kommst du denn her?«
»Kalifornien«, murmelte Justus. »Großraum Los Angeles.«
Der Mann strahlte und setzte sich auf. »Los Angeles! Wunderbar! Da wollen wir auf unserer Reise auch noch hin! Wohnst du direkt an der Küste?«
Hoppla, da schien sich ein Gespräch zu entwickeln. Justus schluckte. Die erste Gefahr hatte sich zwar in Luft aufgelöst. Doch nun hatte er das nächste Problem: Wie sollte er die beiden von diesem Plateau wegbekommen, an dem sie sich augenscheinlich so richtig wohl fühlten? Genau dort, wo sie saßen, hatte der Erpresser auf dem Foto das Kreuz eingezeichnet. Justus sah auf die Uhr. Die Zeit drängte. Der Erpresser würde nicht lange tatenlos zusehen, wie er sich hier gemütlich mit zwei Touristen unterhielt.
»Ich wohne so in der Nähe. In der Nähe der Küste.« Justus blieb im Allgemeinen, um nicht für neuen Gesprächsstoff zu sorgen.
»Ah ja.« Eine Zeitlang sagte niemand etwas. Die beiden Europäer starrten abwechselnd in den Canyon und auf Justus.
»Kannst du ein Foto von uns machen?«, fragte der Mann nach einer Weile.
»Klar.« Wenn ihr dann endlich abhaut, dachte Justus. Er nahm die ihm angebotene Kamera und postierte die beiden genau vor den Abgrund.
»Da wird einem ja schwindelig, so tief ist das«, sagte die Frau mit einem Blick nach hinten und legte den Arm um die Hüfte des Mannes.
Justus versuchte es mit einem Scherz: »So, bitte noch ein Stück zurücktreten …«
Die beiden lachten und Justus knipste.

»Wollen wir mal weitergehen, Flora?«, fragte der Mann, als er die Kamera wieder verpackt hatte.
Flora schüttelte den Kopf. »Wir haben doch Zeit, es ist so wunderschön ... Schau, wie der Canyon im Sonnenlicht langsam die Farben verändert.«
Justus biss die Zähne zusammen, um seine plötzlich hochschießende Nervosität zu kontrollieren. So ging das nicht weiter. Wie sollte er die beiden loswerden? Er konnte sie ja schlecht in den Canyon stoßen. Was also tun? Sie einfach bitten, wegzugehen? Aber mit welcher Begründung ... Oder die Wahrheit sagen? Auf keinen Fall! Außerdem klang seine Geschichte absolut unglaubhaft. Blieb als Einziges ... wegekeln? Ja, wegekeln. Das war die Idee! Anders wurde er die zwei Hübschen hier nicht los! So ungern er es tat, aber es musste sein.
Justus setzte sich wieder. »Ich finde das hier wirklich cool«, verkündete er gedehnt und öffnete seine Sportschuhe. »Absolut scharf!« Mit dem Zeigefinger streifte er sich die durchgeschwitzten Socken ab und warf den ersten neben den Rucksack der Touristen. Mit dem zweiten traf er in die Öffnung. »Ihr habt ganz Recht: Ich werde noch etwas abhängen und mir den Anblick reinziehen!« Er versuchte, der Aussage im Unterton den Charakter einer Drohung zu geben. Ungefragt rollte er sich zur Seite und griff nach der Wasserflasche der Frau. Er nahm einen herzhaften Schluck und stieß hörbar auf. Trank noch mal. »Aaaah! Das tut gut!«, grunzte er und spuckte aus. Die beiden sahen ihn mit einer Mischung aus Erstaunen und Angewidertheit an. Die Verwandlung des netten Amerikaners in einen stillosen Flegel vollzog sich für sie vollkommen überraschend.
Vom Erfolg angestachelt klopfte sich Justus auf seinen stattlichen Bauch. »Wissen Sie eigentlich, warum viele Amerikaner so fett sind?«, fragte er. »Ihr Europäer findet uns doch fett, oder?«

»Äh«, sagte der Mann.
»Sie halten mich doch für einen richtig fetten Amerikaner, oder?«
»Nun …«, sagte der Mann.
»Es hängt an den Hamburgern«, verkündete Justus. »An den Hamburgern, dem Ketchup, der Mayo und natürlich auch am Autofahren. Und an der Cola. Cola macht fett«, sagte Justus. »So richtig voll fett! Und man muss davon rülpsen!«
Die beiden wechselten einen schnellen Blick.
Justus unterlegte seine Aussage entsprechend.
»Benjamin …«, sagte die Frau drängend.
Justus grinste die beiden frech an, aber innerlich kam er sich vor wie ein Schwein. »Ist toll mit euch hier. Echt nett. Coole Europäer. Ich hoffe, ihr bleibt noch ein bisschen bei mir hocken und quatscht mit mir. Wisst ihr, was voll öde ist? Ich habe nämlich mein Futter vergessen. Habt ihr was für mich dabei? Vielleicht Erdnussbutter? Erdnussbutter mag ich am liebsten!« Er beugte sich zu dem Rucksack der beiden, um darin nachzuschauen. »Richtig fette Erdnussbutter …«
Mit einer schnellen Bewegung riss der Mann sein Gepäckstück an sich. »Ich glaube nicht, dass da Erdnussbutter drin ist«, sagte er und zog angewidert Justus' Socke heraus. »Flora, wir wandern weiter!«
Die Frau stand auf und suchte schnell ihre Sachen zusammen. Sie nahm sich noch nicht mal die Zeit, ihre Schuhe überzustreifen, sondern blieb barfuß. »Angenehmen Tag noch«, sagte sie und warf sich ihren Rucksack um. Schon machten sich die beiden auf den Weg.
»Bleibt doch noch!«, rief Justus ihnen hinterher. »Is' doch nett hier …«
Im Eilschritt und ohne sich noch einmal umzusehen, verschwanden Benjamin und Flora um den nächsten Felsvorsprung.

Geschafft! Justus schnaufte erst einmal durch.
Aber jetzt drängte die Zeit. Es war zehn Minuten nach elf.
Genau an der Stelle, wo der Mann gesessen hatte, sah man jetzt die Farbmarkierung des Erpressers. ›**SIEH DIR DAS GESICHT AN!**‹ hatte er in roter Schrift hingemalt. Justus untersuchte die Stelle, ob es vielleicht noch einen weiteren Hinweis gab, doch da war nichts. Nur dieser merkwürdige Satz.
Justus blieb nichts anderes übrig, als dem Befehl zu folgen. *Sieh dir das Gesicht an.* Welches Gesicht bloß? Da war kein … Gesicht. Doch! Der Erpresser musste diesen wie einen Kopf geformten Stein meinen, der sich unterhalb der Bruchstelle eines massiven Felsens gegen den Himmel abhob! Justus setzte sich um und starrte den Fels an. Seine Form erinnerte ihn an einen guten Bekannten. Ein großer Kopf mit Halbglatze, herunterhängenden Wangen und Augenlidern … Doch was sollte es da zu entdecken geben? Enthielt der Fels irgendeine Botschaft?
Nachdem Justus eine Weile gerätselt hatte, kam er auf die Lösung. Sie war denkbar einfach. Der Mann wollte, dass Justus in eine bestimmte Richtung blickte. Damit er sich unbemerkt anschleichen konnte. Plötzlich hatte Justus das drückende Gefühl, dass der Erpresser bereits hinter ihm wartete. Das Phantom war da!

Der Mann in Schwarz

»Bleib sitzen, Junge!«

Die Stimme klang dumpf. Undeutlich, vernuschelt, als würde sie durch irgendetwas aufgesaugt. Wahrscheinlich trug der Erpresser eine dicke Maske. Justus wagte nicht, sich umzusehen.

»Ja, Sir.«

»Das Geld?«

Justus deutete auf die beiden Rucksäcke, die links und rechts neben ihm standen. Er fragte: »Die Geige?«

»Hier.«

»Darf ich mich umdrehen?«

»Aber langsam, Junge.«

Justus setzte sich vorsichtig um. Der Mann war ganz in Schwarz gekleidet. Turnschuhe, Jeans, Jacke. Über den Kopf hatte er sich eine schwarze Kapuze gestreift. Aus zwei engen Schlitzen funkelten seine Augen. In der linken Hand hielt er ein Messer, in der rechten einen Geigenkoffer. Der Mann stand etwa zehn Meter von Justus entfernt. Offenbar hatte er sich zuvor auf dem Weg versteckt, den Justus gekommen war. Damit versperrte er dem Ersten Detektiv jetzt den Fluchtweg.

»Es ist alles vorbereitet, Sir«, sagte Justus. »Ganz wie Sie es gewünscht haben. Für den kleinen Zwischenfall mit den Touristen konnte ich nichts, Sir! Ich habe sie vertrieben!«

»Das Geld!«

Justus räusperte sich. »Sie bekommen es, Sir. Aber wer gibt mir die Garantie, dass ich dann auch die Geige erhalte?«

»Niemand!«

»Ja, aber … Sollen wir nicht gleichzeitig die Übergabe vollziehen?« Justus wollte aufstehen. Es wurde schwieriger, als er gehofft hatte.

»Sitzen bleiben!«
»Ja, Sir. Aber verstehen Sie mich doch bitte! Ich brauche eine Sicherheit. Schauen Sie, das Lösegeld ist da!« Justus öffnete einen Rucksack und zog eins der vorbereiteten Dollarbündel hervor. Mit dem Daumen blätterte er das Bündel durch, so dass die einzelnen Dollarscheine sichtbar wurden. »Es ist alles in Ordnung, Sir! Ich nehme jetzt Geld aus dem zweiten Rucksack!« – Justus zog ein ebenfalls vorbereitetes Bündel heraus, das seitlich und tiefer steckte – »sehen Sie, ich blättere es für Sie durch. Alles unmarkierte Scheine, wahllos nummeriert. Ich werfe Ihnen jetzt das Geld zur Prüfung zu!« Der Erste Detektiv holte aus und mit einem leisen Klatschen landete das Päckchen vor den Füßen des Mannes. Ohne Justus aus dem Blick zu lassen, stellte er den Geigenkoffer ab, hob das Bündel auf und blätterte es durch.
»In Ordnung«, sagte er.
Justus atmete auf. »Bitte zeigen Sie mir jetzt die Geige.«
Der Mann klappte den Koffer auf und hielt ihn so, dass Justus hineinblicken konnte. Das war sie. Die *Diener des Herrn*. Zumindest aus der Entfernung sah es so aus.
»Sir, ich muss ganz sicher gehen«, sagte Justus. »Ich ziehe jetzt ein Fernglas aus dem Rucksack.«
»Aber langsam.«
»Natürlich, Sir. Es ist keine Waffe!« Justus packte das Fernglas aus und hielt es vor die Augen. Er stellte die Schärfe ein. Obwohl der Mann beim Halten der Geige leicht zitterte, konnte Justus die Erkennungsmerkmale der *Diener des Herrn*, die er sich eingeprägt hatte, genau erkennen. »In Ordnung!«, sagte er.
Der Mann legte den offenen Koffer vor sich auf den Fels und stellte sich wieder in Position.
»Sir, dann gehen wir jetzt vorsichtig aufeinander zu und tauschen Koffer und Rucksäcke?«

»Bleib! Wirf die Rucksäcke rüber!«
Verdammt! Justus versuchte, äußerlich gelassen zu bleiben. »Sie konnten sich doch überzeugen! Geld gegen Ware! Bitte!«
»Geld her!« Der Mann hob das Messer. »Oder die Geige ist weg!«
»Ja doch, Sir.« Justus überlegte blitzschnell. Für die Wahrheit war es jetzt zu spät. Er musste das gewonnene Vertrauen aufrechterhalten. Die Säcke rüberschmeißen. Vielleicht reichte das dem Mann ja, und er verschwand mit dem Geld. Wenn der Erpresser hingegen das ganze Lösegeld kontrollieren wollte, musste Justus die Ablenkung nutzen und sich blitzschnell die Geige schnappen, bevor er den Betrug bemerkte.
Er verschloss die Rucksäcke wieder und warf sie nacheinander vor die Füße des Erpressers, wobei er unmerklich ein oder zwei Meter der Distanz verkürzen konnte.
Der Erpresser bückte sich und öffnete den ersten Rucksack. Der Geigenkoffer stand aufgeklappt neben ihm.
Justus schob einen Fuß vor und spannte die Muskeln an.
Der Mann warf einen Blick in den Rucksack.
Justus wartete.
Da griff der Mann mitten ins Geld und zog ein Bündel heraus, das – wie Justus vermutete – von Falschgeld durchsetzt sein musste. Im selben Moment, als der Erpresser den Daumen über das Bündel zog und überrascht aufblickte, sprang Justus los. Der Mann schrie auf und reagierte mit einer schnellen Bewegung. Justus griff ins Leere. Gerade noch rechtzeitig hatte der Mann den Koffer zur Seite gerissen. Dafür schnappte sich der Erpresser die Geige und sprang auf. »Betrüger!«, brüllte er. »Das wird dir verdammt Leid tun!« Er beugte den Arm nach hinten, als wolle er das Instrument in den Canyon schmeißen, und tat einen Schritt auf den Abgrund zu.
Was dann mit der Geige passieren würde, war Justus klar. Die

Felsen in der Tiefe würden das zarte Instrument zerschmettern, als wäre es aus Porzellan.

»Nein!«, schrie Justus. Wie hatte er die Situation nur so entgleiten lassen können. »Nicht werfen! Geben Sie mir eine zweite Chance! Es sind 400.000 Dollar! Das restliche Geld wurde uns gestohlen, glauben Sie mir! Sie bekommen alles! Alles!«

»Gestohlen, ja? Was willst du mir noch erzählen?« Die Stimme des Mannes klang gefährlich gepresst. »Ist das eine Falle? Sag O'Sullivan, dass ich mich nicht reinlegen lasse! Ich nicht!« Er trat ganz an den Abgrund und holte aus.

»Nein!«, schrie Justus noch einmal und sprang auf den Mann zu. »Sie ... wir ...«

»Ihr habt es nicht anders gewollt!«

Es war eine blitzschnelle Bewegung. Die Geige flog in einem Bogen, verlor dann an Schwung und trudelte hinab, als ob sie sich zieren würde, in die Felsen zu fallen, die wie offene Messer auf sie warteten. Ein Windstoß wirbelte die Geige weiter, und Justus musste sich über den Abgrund beugen, um sie im Auge zu behalten. Kurz war es ihm, als würde ganz unten Jelena am Rand der Felsen stehen, die Geige lächelnd auffangen, und alles würde gut werden, so wie es schon einmal passiert war. Doch da war keine Jelena. Nur die schier bodenlose Tiefe. Die Geige, in der Entfernung ganz klein geworden, machte eine letzte Drehung, dann prallte sie auf die Spitze eines Felsens. Sekundenbruchteile später meinte Justus, einen Fetzen des zerborstenen Holzes auszumachen, der weiter nach unten sprang, und sein Blick hastete den Felsen auf und ab. Aber letztlich war es egal, wann er das letzte Trümmerstück aus den Augen verlor. Die *Diener des Herrn* war Kleinholz. Ein Millionenwert vernichtet. War das alles wirklich wahr? Justus brauchte einen Moment, bis er begriff, dass er, Justus Jonas, der große Detektiv, versagt hatte, versagt wie nie zuvor in seiner Karriere.

Abgestürzt!

Der Erpresser sprang auf Justus zu und versetzte ihm einen gewaltigen Stoß. Justus prallte zurück und fiel taumelnd zu Boden. Der Mann packte die Rucksäcke und rannte davon. Justus hatte nicht viel Zeit zu überlegen. Aber eins war ihm klar: Wenn er den Fehler auch nur ansatzweise wieder gutmachen wollte, so musste er den Täter fangen! Er rappelte sich auf und hechtete hinterher.
Der Mann war den Weg zurückgerannt und plötzlich aus Justus' Blickfeld verschwunden – eine winzige, vom Fels verdeckte Stelle, die man vom Plateau aus nicht einsehen konnte. Als Justus wenige Sekunden später den Ort erreichte, wurde ihm klar, warum der Erpresser wie ein Phantom verschwunden war: Dort hing eine Strickleiter, die wild hin und her schleuderte. Justus sah nach oben. Ein paar Meter über ihm kletterte der Mann den Felsen hoch. Justus fing das Ende auf und setzte an. Einer der Touristenhubschrauber tauchte auf und blieb in der Luft stehen wie eine Libelle. Wahrscheinlich hielt man die kletternden Männer für eine Sondervorführung. Mit Mühe kam Justus zwei Sprossen hoch. Es war verdammt schwer, das schlingernde Ding in den Griff zu bekommen. Der Mann war schneller. Die Rucksäcke hatte er geschultert und Griff für Griff zog er sich bergauf. Inzwischen hatte er das Ende der Leiter fast erreicht. Mit viel Kraft überwand Justus die nächsten Meter. Dann stockte ihm der Atem. Der Mann hatte sich auf die Felskante gerettet. Jetzt nahm er das Messer, das er zum Klettern zwischen die Zähne geklemmt hatte, in die Hand. Mit kräftigen Schnitten durchtrennte er die Seile.
»Nein!« Justus' Hände suchten verzweifelt nach einer Spalte im Fels, in der sie Halt finden konnten. Ausgerechnet jetzt meldete

sich sein Handy. Schon kam ihm die Strickleiter entgegengeschossen. Für einen Moment klammerte sich Justus an die Felswand, dann rutschte er ab und fiel – gut zwei Meter tief. Instinktiv rollte er sich zur Seite, um die Kraft des Aufpralls abzufangen. Gerade noch rechtzeitig blieb er liegen. Sein Kopf hing bereits über dem Abgrund des Canyons. Aus den Augenwinkeln registrierte er, wie ihm das Handy aus der Tasche rutschte und über die Kante schlitterte. In wenigen Sekunden würde sein nerviges Piepsen für immer verstummen.
Der Hubschrauber kam jetzt tiefer und stand schließlich direkt vor ihm in der Luft. Jemand hinter der Scheibe winkte hektisch, und Justus sah mit einiger Überraschung, dass es Peter war. Mühsam rappelte er sich hoch. Er fühlte sich vollkommen durchgerüttelt, doch offenbar hatte er sich nichts gebrochen. Zum Zeichen, dass alles in Ordnung war, streckte er den Daumen hoch. Peter wiederholte die Geste. Kurz darauf stieg der Hubschrauber höher und flog an den Felsen entlang. Vielleicht, um die Verfolgung des Mannes aufzunehmen, so hoffte Justus. Wie Peter bloß in diesen Hubschrauber gelangt war …
Einen Moment später war Justus allein.
Niedergeschlagen machte er sich auf den Rückweg.
Selbst wenn Peter den Täter zur Strecke bringen sollte, war dies die bitterste Stunde ihrer Karriere.

Als Bob Justus sah, stand er auf und rannte ihm entgegen. »Und? Wie ist es gelaufen?«
Doch Justus brauchte nicht zu antworten. Er hatte nichts bei sich, was er vorweisen konnte. Kein Geld, keine Geige. Und sein Gesicht sprach Bände.
»Justus?«
»Vorbei, Bob! Aus und vorbei. Die Geige ist zerstört! Ich glaube, ich hänge meinen Job an den Nagel!«

»Das kannst du den Leuten nicht antun! Erzähl doch endlich!« Justus blickte zu dem Hubschrauber, der in einiger Entfernung auf der Stelle verharrte. »Wieso ist Peter da drin?«
»Das ist doch jetzt egal, Just! – Peter kam auf die Idee! Ich fand es klasse! Er ist zu dem Flughafen, der die Touristenflüge durchführt. Er hat gehofft, etwas von der Übergabe mitzubekommen!«
»Das hat er auch. Nämlich wie ich vom Felsen gefallen bin.« Dann erzählte Justus. Und Bob hörte mit großen Ohren zu.
»Du meinst, dass man die Geige nicht mehr zusammenbauen kann?«, fragte Bob, als Justus von der Zerstörung der Guarneri berichtet hatte.
Justus schüttelte den Kopf über so viel Ahnungslosigkeit. »Du machst dir keine Vorstellung, wie tief der Canyon ist. Die *Diener des Herrn* ist Kleinholz! Du kannst sie nicht mehr reparieren. Nie mehr!«
»Nie mehr ...«
»Nie mehr. Wenn überhaupt jemals etwas gefunden wird.«
»Und jetzt?«
»Jetzt helfen wir Peter bei der Tätersuche. Und dann muss ich O'Sullivan anrufen. Das wird der schwierigste Anruf meiner Laufbahn.«
»Tu einfach so, als wärst du in einer Geschichte. Nicht in der Wirklichkeit. Erzähl ihm, was passiert ist, und dann leg auf.«
»Danke für den Tipp, Bob. Willst du vielleicht das Telefonat ...«
Bob sah ihn erschrocken an. »Nicht wirklich.«
Der Hubschrauber drehte jetzt ins Land ab.
»Sieht aus, als ob er zum Flughafen zurückkehrt«, sagte Justus.
»Hast du die Autoschlüssel?«
»Die hat Peter ...«
»Klar. Blöde Frage!«
Sie wollten schon einen Touristen überreden sie mitzunehmen, als das Pärchen aus dem Canyon – Benjamin und Flora – den

Weg entlang kam. Als sie Justus entdeckten, änderten sie abrupt die Richtung. Doch der Erste Detektiv ließ ihnen keine Chance. Bei den beiden hatte er sowieso noch etwas gutzumachen! Mit wenigen Schritten holte er sie ein, entschuldigte sich und beschrieb in knappen Worten so etwas wie eine Notsituation, die es nun dringend erforderte, zum Flughafen gefahren zu werden. Ein paar Minuten später saßen Bob und Justus tatsächlich in einem sportlichen Coupé und unterhielten sich mit den beiden über das Leben in Kalifornien.
Justus zeigte sich jetzt von seiner freundlichsten Seite. Doch die Touristen konnten das Gespräch nur kurz genießen: Nach wenigen Minuten erreichten sie das Gelände, auf dem gerade einer der Hubschrauber startete. Vor dem Eingangsportal parkte ein Polizeiwagen mit eingeschaltetem Blaulicht. Benjamin stoppte direkt neben ihm, und kurz darauf durchquerten die Detektive mit eiligen Schritten die Eingangshalle. Große Glasfenster gaben den Blick auf die Landefläche frei.
Außerhalb des Gebäudes stand Peter. Um ihn herum scharte sich eine Gruppe von Menschen, darunter zwei Polizisten und offenbar auch die Hubschrauberpilotin. Als Peter seine Freunde entdeckte, sprach er einen der Polizisten an, der die beiden Detektive daraufhin durch die Abflugkontrolle ließ.
Peter löste sich aus der Gruppe. »Da seid ihr ja endlich! Wir haben den Mann leider verloren«, platzte er heraus. »Er ist in einem Tunneldurchgang verschwunden und dann war er weg! Irgendwann wollte die Pilotin nicht länger warten.«
»Also stehen wir mit vollkommen leeren Händen da«, sagte Justus enttäuscht. »Wie bist du überhaupt in den Hubschrauber gelangt?«
Peter lachte. »Ganz legal! Ich habe einen Rundflug gebucht! Wollte doch mal sehen, was es aus der Luft so alles zu beobachten gibt! Allerdings halten sich die Hubschrauber streng an

einen ganz bestimmten Kurs. Doch als wir über die Kante des Canyons flogen, habe ich dich entdeckt! Du im Zweikampf mit dem Erpresser! Ich konnte die Pilotin überzeugen, dass dort ein Verbrechen passiert, und sie wich von ihrer vorgeschriebenen Linie ab. Dann haben wir die Nummer mit der Strickleiter gesehen, das hast du ja mitbekommen. Als du mir signalisiert hast, dass mit dir alles in Ordnung ist, haben wir den Mann verfolgt. Aber er ist plötzlich verschwunden. Tja, und nun ist die Polizei da und jemand von der Fluggesellschaft, und es herrscht große Aufregung!«

Justus nahm Peter ein Stück zur Seite. »Inwieweit hast du die Polizei in unsere kleine … Geschichte eingeweiht? Du hast doch nicht etwa von dem Geld erzählt?«

Peter schüttelte entrüstet den Kopf. »Wo denkst du hin, Erster! Schweigenkönnen gehört doch zu unserem Geschäft! Nein, die Pilotin ist in dem Glauben, ich hätte deinen Kampf mit dem Mann zufällig mitbekommen!«

»Dann sollte ich mich hier verdrücken, bevor sie mich wiedererkennt! Ich muss mich ohnehin bei Mr O'Sullivan melden!«

»Aber wie? Das Handy ist im Eimer und ein zweites Gerät haben wir nicht dabei!«

»Hier gibt es bestimmt einen Münzapparat!« Justus verließ die Gruppe und zog sich in das Gebäude zurück. Etwas abseits fand er ein öffentliches Telefon. Die Handynummer von O'Sullivan wusste er längst auswendig. Kaum eine Minute später hatte er den Filmproduzenten am Apparat.

»Und?«, fragte O'Sullivan erwartungsvoll. »Das dauert ja eine Ewigkeit, bis du dich meldest! Aber wenn es sich lohnt …«

Justus schluckte. Dann erzählte er die ganze Geschichte. So, wie sie sich zugetragen hatte. Auch seinen Anteil an dem Fehlschlag verschwieg er nicht.

O'Sullivan stockte der Atem. »Das war so nicht abgespro-

chen!«, zischte er, als Justus geendet hatte, und sein Ton wurde scharf: »Was fällt dir ein! Du … Amateur! Du hast sie vernichtet! Sie … meine geliebte …« – jetzt schlug die Stimme um ins Weinerliche – »… meine geliebte Geige!«
»Vermutlich hätte der Erpresser das Instrument auch dann zerstört, wenn ich ihm gleich reinen Wein eingeschenkt hätte«, antwortete Justus so ruhig er konnte. »Er wollte die ganze Summe. Und er war äußerst aufgebracht!« Justus hielt inne. Als er sich die Situation noch einmal vor Augen rief, hatte er das deutliche Gefühl, als ob der Erpresser O'Sullivan kennen würde. Sollte er den Filmproduzenten darauf ansprechen? Vermutlich würde er dann wieder aufbrausen. »Es ist müßig, darüber zu spekulieren, was passiert wäre, wenn ich den Erpresser nicht hätte täuschen wollen!«, sagte Justus abschließend. »Es ist leider alles schief gegangen. Total. Ich gebe es zu.«
Am anderen Ende der Leitung herrschte Schweigen. »Wo bist du gerade?«
»Am Hubschrauberplatz am Canyon.«
»Wir sollten die Polizei informieren! Möglichst schnell! Ich habe wohl … einen großen Fehler gemacht. Ich muss mich für meinen Ausbruch eben entschuldigen. Es ist nicht deine Schuld, Justus! Ich hätte nie auf den Plan eingehen sollen!«
»Die Polizei ist bereits hier!«
»Gut, dann halte sie auf. Ich bin schon auf dem Weg zu euch. In einer knappen Stunde bin ich da!«
»Soll ich den Polizisten inzwischen alles erzählen?«
O'Sullivan überlegte einen Moment. »Warum eigentlich nicht. Wir sollten keine Zeit verlieren, wenn ich mein Geld wiederbekommen will! Das ist jetzt das Letzte, was mir übrig bleibt!«
»Okay, Sir.« Justus hängte ein. Er konnte O'Sullivan verstehen. Auch wenn er auf die vorwurfsvollen Sprüche der Polizisten nicht sonderlich erpicht war.

Las Vegas

Justus hatte geahnt, dass das Gespräch mit der Polizei sehr ungemütlich werden würde, und es stand seinen Befürchtungen dann auch in nichts nach. Gaben sich die beiden Officer wenigstens nur rechthaberisch, so war der Lieutenant, der die drei ??? und den inzwischen eingetroffenen O'Sullivan in einem Besprechungsraum des Flughafens anhörte, so richtig sauer. Mit stierem Blick donnerte er auf Justus los: »Ihr Dilettanten! Zerschlagt das Porzellan und dann wird plötzlich die Polizei gerufen und soll retten, was zu retten ist! Du meinst doch wohl nicht, dass mir das Spaß macht, Jonas?«
Justus wollte antworten, doch der Polizist polterte ohne Pause weiter: »Detektive nennt ihr euch! Was ist das für ein Land, wo sich jedes dahergelaufene Greenhorn Detektiv nennen darf! Jungs, ich sag euch was: Tut irgendetwas Sinnvolles. Sammelt Müll, wenn ihr aufräumen wollt! Oder gründet von mir aus eine Rockband! Aber geht bitte nicht der Polizei auf den Geist!«
»Sir! Es ist nicht die Schuld der Detektive!«, warf sich O'Sullivan in die Bresche. »Ich selber habe den Fehler gemacht! Ich habe die Jungs beauftragt. Ich hätte mich gleich an die Polizei wenden sollen!«
Die Wut des Lieutenants schwappte nun auf den Filmproduzenten über: »Wir sind hier nicht in einem Ihrer Hollywoodfilme, Mr O'Sullivan! Das Happy End fällt leider aus! Und alles nur, weil Sie unfähig sind, die Telefonnummer der Polizei zu wählen! Was haben Sie sich bloß dabei gedacht, als Sie diese Grünschnäbel engagiert haben?!«
O'Sullivan schwieg. Seine Gesichtsfarbe hatte einen rötlichen Ausdruck angenommen, der der Farbe der Canyonfelsen nicht unähnlich war.

Das schien den Lieutenant etwas zu besänftigen, und er wandte sich wieder den Tatsachen zu. O'Sullivan, Justus, Peter und Bob sollten noch einmal ausführlich berichten, was geschehen war. Ein zweiter Polizist protokollierte die Aussagen. O'Sullivan war zuerst dran, nach ihm kamen die drei ??? zu Wort. Jetzt verschwiegen sie auch die Verfolgung durch Dick Perry nicht.
»Irgendwie hat der Kerl Lunte gerochen. Aber für den Überfall kommt er leider nicht in Frage«, sagte Justus. »Diesen kleinen, runden Kerl hätte ich sofort erkannt!«
»Danke für deine Darlegung, Jonas. Wir werden das selbst prüfen«, knurrte der Lieutenant. »Dürfte ich bitte mal das Bild sehen, von dem du erzählt hast?«
»Das Bild mit der Geige?«
»Nein, das Bild vom Sonnenuntergang auf Hawaii natürlich«, sagte der Lieutenant sarkastisch.
Justus schluckte und gab Bob, der dem Polizisten am Nächsten saß, die Aufnahme von der Geige. Bob schenkte der Geige einen kurzen Abschiedsblick. Das war sie gewesen. *Diener des Herrn*. Die Geige war wunderbar zu sehen. O'Sullivans Hände umfassten sanft das Ende des Korpus'. Das Griffbrett der Geige lehnte an seinem Kinn. An seinem Kinn … Genau in dem Moment, als er das Bild weiterschob, fiel Bob etwas auf. Doch bevor ihm bewusst wurde, was das bedeuten konnte, wurde er vom Gang des Gesprächs abgelenkt.
»Ich hätte das Bild gerne zurück«, sagte O'Sullivan. »Es ist mein Lieblingsfoto. Es zeigt unsere … Verbundenheit.«
»Ihre Verbundenheit, natürlich!« Der Polizist nahm das Bild und warf einen skeptischen Blick darauf. »Und du hast die Geige bei der Übergabe genau wiedererkannt, Jonas?«
Justus nickte. »So gut es den Umständen entsprechend ging. Aber ich bin mir ziemlich sicher. Ich habe ein Fernglas benutzt. Wie ich schon erwähnte.«

»Es ist mir nicht entgangen.« Der Polizist zog die Stirn in Falten und drehte das Bild hin und her.
»Wenn sich Justus sicher ist, dann war es auch so«, rutschte es Peter heraus.
Der Lieutenant blickte auf. »An deiner Stelle würde ich mich etwas zurückhalten, Shaw! Du hast eine Menge Geld versenkt!«
Der Polizist schob O'Sullivan das Bild über den Tisch. »Kann sein, dass wir das Bild noch mal brauchen. Nicht wegwerfen.«
»Ich mache Ihnen einen Abzug davon«, antwortete O'Sullivan.
Dann war endlich beredet, was zu bereden war. O'Sullivan und die drei ??? wurden entlassen. Schweigsam verließen sie den Flughafen.
»Also dann«, sagte der Filmproduzent matt. »Ich werde noch zwei, drei Tage in der Gegend bleiben und ausspannen. Wir sehen uns demnächst in Los Angeles.«
»Der Wagen?«
»Den gebt ihr wieder in Santa Monica ab. Das restliche Geld von meinem Vorschuss bringt ihr mir dann vorbei. Ihr wisst ja, wo.«
»Das ist sehr anständig von Ihnen!« Die drei ??? nickten.
Dann gingen O'Sullivan und die Detektive auseinander. Sie hatten sich nichts mehr zu sagen.
Die drei Freunde stiegen in ihren Wagen, und Bob drehte den Zündschlüssel herum. »Mir ist vorhin übrigens etwas aufgefallen, Justus. Das Foto mit der Geige ist seitenverkehrt abgezogen worden. O'Sullivans kleine Narbe ist in Wirklichkeit am linken Mundwinkel.«
»Bist du sicher?«, fragte Justus.
»Ich denke schon.«
»Wie dem auch sei«, sagte Peter genervt, »kann's jetzt losgehen? Ich habe die Schnauze gestrichen voll! Ich brauche Ablenkung! Kino vielleicht und ein wenig mit Kelly …«

Der dritte Detektiv gab verbissen Gas. Sie hatten eine wertvolle Geige und eine Million Dollar versenkt. Und es war ein verdammt langer Weg bis nach Hause. Um sich etwas aufzumuntern, stellte Bob das Radio an. So fuhren sie dahin. Ab und zu wechselte er ein verdrießliches Wort mit Peter, der auf der Rückbank saß. Nur Justus war die ganze Zeit über verdächtig ruhig. Hatte es etwas mit Bobs Beobachtung zu tun? Oder bohrte in ihm die Enttäuschung über die Niederlage?
Als sie eine Tankstelle passierten, öffnete der Erste Detektiv endlich wieder den Mund: »Stopp!«
»Da bei der Tankstelle?«
»Ja. Ich muss telefonieren. Mit Jelena.«
Nachdem Bob den Wagen abgestellt hatte, ging Justus kommentarlos zur Telefonzelle. Peter verzog sich kopfschüttelnd in den Shop, um seine Lieblingsdrops zu kaufen. Er konnte nicht verstehen, was Justus von Jelena jetzt noch erfahren wollte. Der Fall war doch wohl mehr als gelutscht.
Bob nutzte die Gelegenheit und tankte. Bei 75 Dollar stoppte die Tankuhr automatisch, und er ging in den Shop, um zu bezahlen. Plötzlich platzte Justus herein. »Bob! Weißt du noch, in welchem Hotel O'Sullivan übernachtet? Ich muss ihn dringend etwas fragen!«
»Gib mir mal was vom Vorschuss, Just!«
Bob nannte dem Tankwart die Nummer der Zapfsäule und wandte sich in aller Ruhe Justus zu. »Sedona Hotel in Flagstaff. Das hat O'Sullivan erwähnt, als er uns auf dem Campingplatz besucht hat. Aber vielleicht ist er inzwischen woanders hingefahren …«
»Danke, dritter!« Justus zückte die Dollars und verschwand wieder.
Inzwischen hatte Peter seine grünen Lieblingsdrops gefunden und bezahlte ebenfalls. Dann setzten sich die beiden Freunde

ins Auto und warteten auf Justus. Es dauerte eine ganze Weile. Als der Erste Detektiv endlich wieder auftauchte, umspielte ein zufriedenes Lächeln seinen Mund. Er ließ sich auf den Beifahrersitz plumpsen, streckte die Beine aus und räkelte sich. »Las Vegas«, sagte er gelassen.
»Las Vegas?«
»Ja. Wir fahren nach Las Vegas.«
»Willst du noch mehr Geld verspielen?«
»Im Gegenteil. Wir holen die Million zurück! Und mehr als das.«
Für einen Moment waren Peter und Bob sprachlos. Der Erste Detektiv war doch immer für eine Überraschung gut!
»Würdest du uns an deinen Erkenntnissen teilhaben lassen?«, fragte Bob und ließ den Wagen wieder an.
»Durchaus«, sagte Justus. »Bis wir in Las Vegas sind, vergeht noch Zeit genug. Und … Peter …«
»Ja?«
»Ich muss mich bei dir entschuldigen!«
»Ach.«
»Weil ich … einen klitzekleinen Moment befürchtet hatte, du wärst …«
»Ja?«
»… du wärst mit einem Teil des Geldes durchgebrannt!«
»Und jetzt denkst du das nicht mehr?«, fragte Peter. Der wütende Unterton in seiner Stimme war nicht zu überhören.
»Hast du Jelena denn erreicht?«, ging Bob dazwischen. Er hatte nie auch nur im Geringsten an Peter gezweifelt.
Justus war ihm für die Ablenkung dankbar. »Ich habe mit ihr gesprochen. Und Jelena hat etwas herausgefunden. Durch ihren Vater, der sich ja mit der Geschichte von Instrumenten sehr gut auskennt.«
»Raus damit, Erster!«
»In Beverly Hills lebt ein Mann, der behauptet, die *Diener*

des Herrn gehöre ihm. Er hätte die Geige nur verliehen. Und er würde das Instrument seiner Tochter zum 21. Geburtstag schenken.«

»Ach! Wer ist dieser Mann?«, fragte Bob.

»Frederik Lindgren, ein Schauspieler.«

»Und jetzt denkst du, dass dieser Lindgren hinter allem steckt?«

Justus grinste vielsagend.

Diener des Herrn

Einige Stunden später passierten die drei ??? den Hoover-Staudamm, der den Süden Kaliforniens mit Wasser und Las Vegas zusätzlich auch mit Strom versorgte. Von dort aus dauerte es nicht mehr lange, bis die Glücksspielerstadt wie eine Fata Morgana vor ihnen in der Wüste aufflimmerte. In der einsetzenden Dämmerung glänzten die unzähligen Lichter wie eine gigantische verführerische Illusion.
In Justus' Atlas war ein Stadtplan abgedruckt, so dass der Erste Detektiv Bob sicher durch das Geflecht der Straßen auf den Las Vegas Boulevard leiten konnte. An dessen Seiten reihten sich die beliebtesten der großen Hotels aneinander. Jedes von ihnen hatte sich ein bekanntes Thema zu Eigen gemacht. Zwischen unzähligen Taxis und Towncars fuhren die drei ??? staunend an einer nachgestalteten ägyptischen Pyramide vorbei, schmunzelten über eine Ritterburg im Comicstil und bewunderten verblüfft eine stattliche Kopie des Eiffelturms von Paris. Irgendwo auf diesem Boulevard entdeckte Justus schließlich das Florence, ihr Ziel. Sie fuhren in das nahegelegene Parkhaus, stellten den Wagen ab und betraten unter den argwöhnischen Blicken des Dienstpersonals den großzügigen, mit Marmorimitat ausgestalteten Eingangsbereich. Tausende künstlicher Blumen schmückten die dem Piazza della Signora nachgestaltete Empfangshalle.
Sie sahen ihn fast gleichzeitig. Dick Perry, der rundliche Detektiv, den sie eigentlich weit weg in Richtung Maine wähnten, trippelte direkt auf den Hauptgang der riesigen Halle zu, in der die Gäste an unzähligen Spieltischen ihr Geld ließen.
»Hinterher!«, rief Justus.
Sie bahnten sich den Weg durch die Gäste, bis sie eine Reisegruppe aus Asien bremste. Dick Perry war plötzlich spurlos

verschwunden. Eilig suchten sie die Gänge in der Nähe der Stelle ab, wo sie den Detektiv zuletzt gesehen hatten. Dann entdeckten sie ihn. Perry saß an einem Tisch, an dem Black Jack gespielt wurde. Vor sich hatte er einen beachtlichen Haufen Geldchips gestapelt.

»Wo hat der Kerl bloß das ganze Geld her?«, fragte Peter.

»Das werden wir gleich klären!« Justus trat einen Schritt nach vorne. Im selben Moment blickte Perry auf. Seine Miene erstarrte, jedoch nur kurz. Dann schnippte er aufgeregt mit den Fingern. »Personal! Personal! – Diese Jungen da sind noch nicht volljährig!«

Augenblicklich trat ein Mann in goldverzierter Abendgarderobe hinter die drei ???. »Meine Herrn? Bitte verlassen Sie sofort den Spielbereich!«

»Aber …«, begann Justus.

»Zutritt erst ab 21 Jahren!«, sagte der andere Mann sanft, aber bestimmt. »Ihr wisst das genau! Muss ich deutlicher werden?« Er winkte einen Kollegen herbei.

»Schon gut, wir gehen!« Justus warf Perry einen beißenden Blick zu, den der Detektiv feixend erwiderte. Dann blies Justus zum Rückzug.

»Und nun?«, fragte Peter, als sie wieder in der Eingangshalle standen.

»Verstecken wir uns. Ich denke, Dick Perry wird gleich auftauchen!«

Justus sollte wieder einmal Recht behalten. Nur wenige Minuten später durchquerte der kleine Detektiv mit eiligen Schritten die Halle und verließ sie in eine andere Richtung. Die drei ??? hefteten sich an seine Fersen. Perry ließ mehrere Abzweigungen links liegen, dann bog er in einen Gang ein, der zu den Aufzügen zu den Hotelzimmern führte. Mit Glück erwischte Dick Perry einen abfahrbereiten Lift.

»Die Treppen!«, rief Justus aus und spurtete die Stufen hoch. In den ersten Etagen verließen einige Gäste den Lift. Perry war nicht dabei. Im fünften Stock sah Peter, der Justus inzwischen längst überholt hatte, wie Dick Perry um eine Ecke verschwand. Vorsichtig folgte er dem Detektiv. Perry lief einen langen Flur entlang. Schließlich blieb er vor einem Zimmer stehen und klopfte. Die Tür öffnete sich, doch Peter konnte nicht sehen, mit wem Perry sprach. Dann drehte sich Dick Perry plötzlich um. Peter konnte gerade noch zur Seite treten und seine Freunde zurückhalten, die inzwischen wieder zu ihm aufgeschlossen hatten.
Sie versteckten sich in einem Nebenflur und warteten, bis der Detektiv vorbeigegangen war. Doch als sie wieder auf den Gang treten wollten, hörten sie erneut Schritte.
»Wartet!«, sagte Justus.
Obwohl die Schritte durch den Teppichboden gedämpft waren, konnten die drei ??? hören, dass sich nun ein schwerer Mann näherte. Sie gaben keinen Mucks von sich.
»Paul Hendry«, flüsterte Bob, »der Diener! Was will der denn hier?!«
»Uns drei suchen«, antwortete Justus. »Kommt. Jetzt ist die Luft wieder rein. Peter, hast du dir die Nummer des Zimmers gemerkt?«
»Neben der Tür steht eine kleine Statue.«
»Gut, Zweiter!« Die drei ??? liefen hin und postierten sich vor dem Zimmer. Justus holte Luft und pochte entschlossen gegen die Tür.
»Ja?«
Justus klopfte erneut.
Die Tür wurde geöffnet.
Sofort schob Justus einen Fuß in die Spalte. »Guten Tag, Mr O'Sullivan! Wir dürfen doch hereinkommen?« Schon hatte

er sich, ohne auf Antwort zu warten, an dem überraschten O'Sullivan vorbei in das Zimmer gedrängt. Peter und Bob folgten ihm.

Ihr ehemaliger Auftraggeber fand erst langsam seine Sprache wieder. »Ihr? Hier? Was … was … Ich dachte, ihr seid auf dem Weg nach Los Angeles! … Wie habt ihr mich überhaupt gefunden?«

»Ganz einfach: Sie haben in Ihrem Hotel in Flagstaff angerufen und darum gebeten, dass man Ihnen Ihr vergessenes Notizbuch ins Florence nachschicken möge.« Justus ließ seinen Blick durch das Zimmer kreisen. »Wir möchten Sie auch nicht lange belästigen. Wir haben eine Frage. Stimmt es, dass die *Diener des Herrn* gar nicht Ihnen gehört, sondern einem Schauspieler namens Frederik Lindgren?«

O'Sullivans Mundwinkel zuckte.

»Verhält es sich nicht so, Mr O'Sullivan? Es hat doch keinen Sinn, das abzustreiten!«

»Ich …« O'Sullivans Blick ließ von Justus ab und suchte die Tür. Bob trat zurück und schloss sie.

»Dann hatten Sie das Instrument sozusagen nur in Verwahrung?«, fuhr Justus fort.

O'Sullivan nickte langsam.

»So lange, bis die Tochter Lindgrens das Instrument bekommen soll?«

»An ihrem 21. Geburtstag. Ja.«

»Sie ist jetzt 20.«

»Jutta Lindgren ist eine grobe Schachtel!«, rief O'Sullivan plötzlich aus. »Sie würde die *Diener des Herrn* nicht spielen, sondern ihr Gewalt antun!«

»Das wollten Sie verhindern! Und Sie wollten das Instrument behalten. Für immer! Es war Ihr Ein und Alles geworden.«

Man konnte dabei zusehen, wie O'Sullivan die Gesichtszüge

entglitten. »Ich hätte euch nicht engagieren dürfen«, sagte er verzweifelt. »Warum überschätzt man sich nur immer wieder?«
»Diese Frage kann ich Ihnen leider nicht beantworten«, sagte Justus. »Aber mit Ihrer ersten Feststellung haben Sie Recht: Sie hätten uns nicht bitten dürfen, das Lösegeld für die angeblich entführte Geige zu übergeben!«
»Dabei war es so ein genialer Plan«, übernahm Bob. »Sie haben ein feines Netz gesponnen. Zunächst täuschten Sie einen Diebstahl vor. Für alle Welt sollte klar sein, dass das Instrument verschwunden ist. Damit sie es heimlich behalten konnten, auch über Miss Lindgrens 21. Geburtstag hinaus.«
Justus räusperte sich. »Doch dazu brauchten Sie Zeugen! Jemand Unverdächtigen, der vor der Polizei bestätigen würde, dass die Geige entführt und sogar ... zerstört wurde. Aber sie wurde gar nicht vernichtet!«
»Und als diese willfährigen Zeugen sollten wir dienen«, sagte Bob.
»Genauer gesagt: ich«, präzisierte Justus.
»Doch warum die drei Übergabeorte?«, fragte Peter.
O'Sullivan holte Luft. »Ich glaube nicht, dass ich euch damit wirklich Neues sage. Der erste Ort diente dazu, euch zu testen. Im Antelope Canyon dann inszenierte ich mit Hilfe von Hendry ein ziemliches Spektakel. Ich hoffte, dass du in deiner Angst das Geld einfach liegen lassen würdest, Justus. Du wärst ohne Geige nach Hause gegangen. Eigentlich hätte mir das gereicht. Du hättest der Polizei und der Versicherung den Tathergang bezeugt, und jeder hätte angenommen, die Geige sei in kriminellen Händen. Das Risiko der direkten Konfrontation hätte ich gerne vermieden. Wie sich gezeigt hat, wurde es ja auch sehr knapp.«
»Sie mussten also die Übergabe im Grand Canyon planen. Waren Sie selbst dort?«

O'Sullivan nickte.
»Ich habe Ihre Stimme nicht erkannt.«
»Die Maske. Der Stoff. Und etwas schauspielern kann ich auch.«
Peters übernahm das Verhör: »Vorher stahlen Sie einen Teil des Lösegelds, um dem angeblichen Entführer einen logischen Grund dafür zu geben, die Geige zu zerstören. Haben Sie den Überfall auf dem Parkplatz ebenfalls verübt?«
»Das war Hendry«, sagte O'Sullivan.
»Da lag doch diese Strickmütze in Auto des Räubers«, erinnerte sich Peter.
»Um euch auf eine falsche Spur zu locken. Diese Idee hatte ich von …«
»Dick Perry!«, rief Bob dazwischen. »Den haben Sie nämlich an unsere Fersen geheftet, um ständig auf dem Laufenden zu sein und uns auf Kurs zu halten! Darum hat er uns auch bei der Polizeikontrolle auf dem Highway herausgehauen. Die Entdeckung des Lösegelds hätte Ihren Plan gefährdet!«
»Perry hat in der Tat einen guten Job gemacht«, bestätigte O'Sullivan.
»Im Moment verbrät er allerdings sein Geld beim Black Jack«, sagte Bob. »Wie viel hat er denn für seine Dienste bekommen?«
»Zehntausend.«
»Das sind elftausend zu viel«, murmelte Peter kopfschüttelnd.
O'Sullivan lachte verbissen auf. »So richtig könnt ihr ihn wohl nicht leiden?«
»Nicht wirklich«, sagte Justus.
Bob hielt O'Sullivan eine ihrer Visitenkarten hin. »Würden Sie mir bitte ein Autogramm geben?«
»Warum?«, fragte O'Sullivan verwundert.
»Bitte.«
O'Sullivan nahm das Papier und unterschrieb.

»Sie sind Linkshänder, Mr O'Sullivan«, stellte Justus fest. »Es ist mitunter üblich, dass sich ein Linkshänder eine exakt seitenverkehrte Kopie seiner Geige bauen lässt, damit er sie besser spielen kann. Sie haben eine Kopie der Guarneri anfertigen lassen! Eine Kopie, die natürlich längst nicht den Wert besitzt wie das Original. Die Kopie haben Sie dann zerstört!«

»Wie habt ihr das herausgefunden?«

»Das Foto von der Geige. Die Versicherung hatte die Originalgeige fotografiert, aber Sie haben mir einfach einen seitenverkehrten Abzug gezeigt, damit ich bei der Geldübergabe die minderwertige Kopie für die echte Geige halten würde. Nur eins haben Sie übersehen: Auch Ihr Mund ist auf dem Foto abgebildet. Und damit Ihre Narbe! Aber leider befindet sie sich auf der falschen Seite!«

O'Sullivan fasste sich unwillkürlich an seinen Mundwinkel. Er verstand.

»Daran habe ich gar nicht gedacht!«

»Ich zunächst auch nicht, Mr O'Sullivan! Natürlich konzentriert sich jeder Betrachter sofort auf das Instrument! Uns fiel es erst auf, als dieser Lieutenant das Bild sehen wollte!«

»Genauer gesagt: mir«, präzisierte Bob.

Justus lächelte. »Die seitenverkehrt nachgebaute Geige haben Sie in die Schlucht geworfen«, sagte er. »Deshalb wollten sie das Bild auch sofort wiederhaben. Wenn Wochen später die Versicherungsgesellschaft nachgeforscht hätte, hätten sie es längst gegen den korrekten Abzug ausgetauscht und niemandem wäre wohl etwas aufgefallen. Um so weniger, als das Bild aus einer Serie stammt, die die Versicherung selbst hat aufnehmen lassen. So etwas schafft Vertrauen!« Justus machte eine Kunstpause. »Mr O'Sullivan, wie Sie sicher verstehen werden, müssen wir unsere Erkenntnisse der Polizei melden. Wir ziehen es allerdings vor, nicht den Lieutenant, sondern Inspektor Cotta aus

Rocky Beach ins Bild zu setzen. Das dürfte Sie einiges an Strafe kosten, wenn Ihnen nicht gar Gefängnis droht. Aber Sie verfügen wahrscheinlich über gute Anwälte.«
»Ich hoffe es«, sagte O'Sullivan ohne große Überzeugung. Seine Augen blickten ins Leere.
»Ach, eine Frage noch«, sagte Peter. »War das Mädchen mit den Flipflops am Supermarkt Teil Ihres Plans, mich abzulenken?«
»Welches Mädchen?«, fragte O'Sullivan. »Nein, bestimmt nicht.«
»Schön«, sagte Peter und lächelte. »Das war mir noch wichtig.«
Justus war inzwischen zu dem schwarzen Geigenkoffer gegangen, den er schon entdeckt hatte, als sie das Zimmer betreten hatten. Er war unverschlossen und er öffnete ihn.
Da lag sie. *Diener des Herrn.* Ganz zart strich Justus mit dem Finger über ihren glänzenden Lack.
O'Sullivan trat neben ihn und nahm Instrument und Bogen aus dem Kasten. Ein Lächeln huschte über sein Gesicht. Mit einer leichten Bewegung setzte er an. Und dann begann er zu spielen. Obwohl er als Linkshänder spielte, erfüllte ein Zauber den Raum, und die Melodie trug all ihre Gedanken fort. Minutenlang sagte niemand ein Wort.
Dann klopfte es jäh. O'Sullivan zuckte zusammen, als sei er aus einem schönen Traum erwacht.
Justus ging und öffnete die Tür. Es waren Dick Perry und Paul Hendry. Verblüfft starrten sie den Ersten Detektiv an.
»Ah! Die beiden Diener des Herrn!«, sagte Justus und wich einen Schritt zur Seite. »Aber bitte! Treten Sie doch ein!«